हिन्द पॉकेट बुक्स

झूठ की मुस्कान

हंसराज रहबर हिन्दी और उर्दू के महत्त्वपूर्ण लेखक, कवि और आलोचक थे। उनका जन्म हरिआऊ संगवां (पूर्व रियासत पटियाला) ज़िला सुनाम में हुआ। आर्य हाई स्कूल, लुधियाना से मैट्रिक करने के बाद डी.ए.वी. कालेज, लाहौर से बी.ए. का इम्तिहान पास किया। आज़ादी के बाद इन्होंने इतिहास में एमए किया। वे अपनी लेखनी के माध्यम से देश की आज़ादी की जंग लड़ रहे थे और इसी क्रम में 1942 में हिंदी रोज़ाना *मिलाप* के संपादकीय मंडल में शामिल हो गए, परन्तु कुछ महीनों बाद अंग्रेजों के खिलाफ लिखने के कारण गिरफ़्तार कर लिए गए। आज़ादी की जंग में भाग लेने के कारण वह कई बार जेल गए। उनके बीस उपन्यास, दस कहानी-संग्रह और समीक्षा व आलोचना की सत्रह पुस्तकें प्रकाशित हुई हैं।

झूठ की मुस्कान

हंसराज रहबर

हिन्द पॉकेट बुक्स
पेंगुइन रैंडम हाउस इम्प्रिंट

हिन्द पॉकेट बुक्स

यूएसए। कनाडा। यूके। आयरलैंड। ऑस्ट्रेलिया। सिंगापुर
न्यू ज़ीलैंड। भारत। दक्षिण अफ्रीका। चीन

हिन्द पॉकेट बुक्स, पेंगुइन रैंडम हाउस ग्रुप ऑफ़ कम्पनीज़ का हिस्सा है,
जिसका पता global.penguinrandomhouse.com पर मिलेगा

पेंगुइन रैंडम हाउस इंडिया प्रा. लि.,
चौथी मंजिल, कैपिटल टावर -1, एम जी रोड,
गुड़गांव 122 002, हरियाणा, भारत

पेंगुइन
रैंडम हाउस
इंडिया

प्रथम हिन्दी संस्करण हिन्द पॉकेट बुक्स द्वारा 1984 में प्रकाशित
यह हिन्दी संस्करण हिन्द पॉकेट बुक्स में पेंगुइन रैंडम हाउस द्वारा 2022 में प्रकाशित

10 9 8 7 6 5 4 3 2

ISBN 9789353494285

मुद्रकः रेप्रो इंडिया लिमिटेड

www.penguin.co.in

FSC www.fsc.org MIX Paper from responsible sources FSC® C047271

This is a legitimate digitally printed version of the book and therefore might not have certain extra finishing on the cover.

झूठ की मुसकान

कहने को बच्चे का जन्मोत्सव है, दरअसल एक झूठ से दूसरे झूठ ने जन्म लिया है और यह उस दूसरे झूठ का जन्मोत्सव मनाया जा रहा है।

सुषमा प्रसन्न है। वह मुसकरा-मुसकराकर आगतजनों की बधाई स्वीकार कर रही है। मैं भी मुसकरा रहा हूं। मैं भी बधाई स्वीकार किए जा रहा हूं। लेकिन मैं प्रसन्न नहीं हूं, भीतर-ही-भीतर तिलमिला रहा हूं और मुसकरा रहा हूं। मैं दुःखी हूं, इतना दुःखी कि मेरे इस दुःख की कोई थाह नहीं है। मेरी हालत तेल में तले जाने वाले पकौड़े जैसी है। ज्यों-ज्यों मेहमानों की तादात बढ़ रही है, मेरी तिलमिलाहट भी बढ़ रही है। उनकी हर बधाई मेरे भीतर कटार की अनी की तरह उतर जाती है, और दूर तक छेदती चली जाती है। मैं पीड़ा से बिलबिला उठता हूं और अपने भीतर उठने वाले चीत्कार को बरबस दबाए रखता हूं। न सिर्फ दबाए रखता हूं बल्कि उसे मुसकराहटों में बदलने के लिए बाध्य हूं।

मैं अपना दुःख न किसीसे कह सकता हूं, न बांट सकता हूं। चुपचाप अकेला सह रहा हूं, सहने के लिए विवश हूं। मुझे डर है कि कहीं मैं फट न पड़ू और मेहमानों को –सम्भ्रान्त घरानों के स्त्री-पुरुषों को मुखातिब करके अपना दुःख उगल न बठू। मेरा यह दुःख नटखट बालक की तरह बेकाबू हो उठता है और जोर-जोर से चिल्ला उठता जान पड़ता है : 'सज्जनो ! बन्धुओ ! आप लोग जिस बच्चे का जन्मोत्सव मना रहे हैं, वह बच्चा मेरा नहीं है। आप लोगों की बधाई झूठ है, यह समारोह झूठ है, सुषमा झूठ है और मैं भी झूठ हूं। मुझसे अब झूठ का यह जीवन जिया नहीं जाता। मैं

सब कुछ सच-सच कह देना चाहता हूं। क्या आप लोग सच सुनने के लिए तैयार हैं ? क्या सच को सुनने और सच को सहन करने का सामर्थ्य आप लोगों में है ?'

लेकिन सुषमा खुश है। वह मुसकरा-मुसकराकर मेहमानों का स्वागत कर रहा है। बूढ़ी नानी मां भी खुश है। पोते के जन्म की बधाई पाकर उसका झुरियों भरा चेहरा खिल उठता है और होंठों पर की मुसकान कनपटियों तक फैल जाती है।

मुझे यह मुसकान झूठी, बिलकुल झूठी जान पड़ती है। मेरा मन ग्लानि और विक्षोभ से भर जाता है। मुझे सुषमा और नानी मां दोनों पर क्रोध आता है और यह विचार बिच्छू के डंक की तरह मुझे डसने लगता है—'हो-न-हो यह बच्चा जो जबरदस्ती मुझ पर थोप दिया गया है और मैं जिसका जनक, जिसका पिता कहलाने पर मजबूर हं, इन दोनों की साजिश का नतीजा है। सुषमा और नानी मां दोनों ही ने मेरे साथ छल किया है। जिस वंश को—सूदखोरी की जिस परम्परा को मैंने अपने पर समाप्त कर देने का संकल्प धारण किया था, यह साजिश उसीको जारी रखने के लिए रची गई है। वे सफल हुई और मैं असफल।'

'दिनेश, तुम क्या सोच रहे हो, मेहमानों से मिलो, उनसे बातचीत करो। वह देखो रेखा आई है और साथ डॉक्टर मलिक भी।'

प्रहलाद ने मुझे चौंकाया। मैंने आगे बढ़कर मलिक परिवार का स्वागत किया। पति और पत्नी के अलावा, रेणु और बबली, उनके दो बच्चे भी साथ थे। मैंने बच्चों के गाल सहलाकर उन्हें प्यार किया और डॉक्टर मलिक को प्रहलाद के पास बैठाकर रेखा को महिलाओं की ओर ले गया।

'सुषमा, देखो यह कौन आया है ?'

'ओह, रेखा बहन !' सुषमा लपककर आगे बढ़ी और प्यार से गले मिली।

'बधाई बहन ! नानी मां, आपको भी बहुत-बहुत बधाई।'

'दस बरस बाद सुषमा की कोख हरी हुई, तब कहीं नाती का मुंह देखने का सौभाग्य प्राप्त हुआ।' पास बैठी कोई अधेड़ स्त्री बोली, 'यह सब नानी मां

के पुण्य कर्मों का फल है। कौनसा अनुष्ठान है जो इन्होंने नहीं किया ? कौन-सा व्रत है जो इन्होंने नहीं रखा ?'

'आखिर भगवान ने सुन ली और इनके मन की साध पूरी हुई।'

'मेरे मन की साध तो पूरी हो गई, बेटी ! काश, आज वह भी जीवित होते। वह भी यह सब अपनी आखों देख लेते !'

झूठ पर मुलम्मा चढ़ाया जा रहा था और मैं सुन रहा था। मुझे अपने पर गुस्सा आया। यहां रुका क्यों ? तुरन्त लौटा।

'आखिर नई-पुरानी का अंतर मिट ही गया।'

'अंतर था ही कहां। सिर्फ शब्दों का हेर-फेर है वरना नई क्या और पुरानी क्या। सब एक ही माया है।'

प्रहलाद और मलिक आपस में बतला रहे थे। बातचीत का संदर्भ राजनीति है, समझते देर नहीं लगी।

'अहा हा, एक ही माया—सब एक ही माया है।' मैं मन-ही-मन खिलखिलाकर हंसा और जाने क्यों मस्तिष्क में एक चित्र उभर आया।

घनी स्याह दाढ़ी वाला छरहरे बदन का एक व्यक्ति जोगिया भेस बनाए चौराहे पर घूम रहा था। उसके बाएं कंधे पर झोली और हाथ में पिटारी थी। वह राह चलते लोगों को बड़े ध्यान से देखता था, देखता थाऔर जाने देता था और फिर यकायक किसी एक के आगे जाकर पिटारी का ढक्कन खोल देता, पीले रंग का सांप गर्दन ऊपर उठाता।

'मंगल का दिन है,नाग देवता के दर्शन करो, बेटा ! दौलत में खेलोगे।'

राह चलता व्यक्ति अचकचाकर रुकता, हाथ आप ही आप जेब में जाता और कोई एक सिक्का नाग देवता की भेंट हो जाता।

जोगिया भेस वाले काइयां, चालाक व्यक्ति की बाछें खिल जातीं, आंखें चमक उठतीं और नाग देवता फिर टोकरी में बंद हो जाता।

वह फिर राह चलते लोगों को ध्यान से देखने लगता। एक-एक का चेहरा पढ़ता। चेहरे पढ़ने में वह उस्ताद था—उस्तादों का भी उस्ताद। जिस किसीके आगे ढक्कन खोलता, उसे कोई न कोई सिक्का नाग देवता की भेंट करना ही पड़ता।

जोगिया भेस बनाए चौराहे पर घूम रहा व्यक्ति बड़ा चालाक, बड़ा ही काइयां था। वह हर किसीको नाग देवता के दर्शन नहीं कराता था और 'दौलत में खेलोगे' का अपना आशीर्वाद व्यर्थ नहीं खोता था। कोई दौलत में खेले न खेले, किसीकी गरीबी दूर हो न हो, उसकी झोली में सिक्कों की संख्या क्षण-क्षण बढ़ रही थी।

'दौलत में, हा हा हा दौलत में खेलोगे !' मैं मन-ही-मन हंसता रहा, अपनी आंतरिक पीड़ा को बहलाता-सहलाता रहा।

आकृति और स्पष्ट हो गई।

मैं हैरान था। आखिर इन दोनों बातों में साम्य क्या है, इस समय मेरे मस्तिष्क में इस जोगिया वेषधारी की आकृति क्यों उभर आई है ? शायद इसलिए कि वह मनुष्य की कमजोरी भांपने और उसे मूर्ख बनाने में सिद्धहस्त था। शायद इसलिए कि पुराने को नया बताना और फिर (चाहे कुछ समय के लिए ही सही) उसमें नये की चकाचौंध पैदा कर देना भी कुछ ऐसी ही कला है।

तेरे जैसे बिगड़े बाबू से मैं अखियां चराऊंगी।
धिन झिन नाचूंगी और दुनिया को नचाऊंगी॥

फिल्मी रिकार्ड बज उठा। उसकी 'धिन झिन' ध्वनि दूर-दूर तक फैल गई। जिन लोगों का हमारे इस जन्मोत्सव से कोई सन्बन्ध नहीं था, जिन्हें निमंत्रित नहीं किया गया था, उन्हें भी मालूम पड़ गया कि स्वर्गीय सेठ विश्वम्भर नाथ की वंश परम्परा में एक नई कोंपल फूटी है, उसी उपलक्ष्य में यह दावत दी गई है और खुशियां मनाई जा रही हैं।

धिन झिन धिन झिन नाचूंगी
और दुनिया को नचाऊंगी,
दुनिया को नचाऊंगी।

दिसम्बर का महीना, दोपहर का समय। एक बजने में पांच दस मिनट

बाकी थे। मेरी नई दिल्ली की कोठी के लॉन में शामियाना लगा था, जिसे फूल-पत्तियों, रंग-बिरंगी झाड़ियों, छोटे-बड़े विभिन्न आकार के गुब्बारों से सजाया गया था। पहले इक्के-दुक्के खास-खास मेहमान आए थे, पर अब उनकी संख्या एकदम बढ़ गई। दस-दस, बारह-बारह की टोलियां एक साथ आने लगीं। और प्रहलाद उनके स्वागत में व्यस्त था। 'बधाई-बधाई, मुबारक-मुबारक', बच्चों की किलकारियां, स्त्री-पुरुषों के ठहाके और फिल्मी गीतों के बेतुके बोलों ने शोरोगुल का अजीब-सा वातावरण पैदा कर दिया था। मुझे न कुछ समझ में आ रहा था और न मैं कुछ समझना चाहता था। यंत्रवत अतिथियों से मिल रहा था और औपचारिक ढंग से उनका स्वागत कर रहा था।

कोई माने या न माने
सच कह गए सियाने
बुरे काम का बुरा नतीजा
क्यों भई चाचा, हां भतीजा।

गानों के रिकार्ड थोडे-थोड़े समय के बाद बदल रहे थे। कोई उन्हें सुने न सुने, समझे न समझे, स्वर्गीय सेठ विशम्भर नाथ के घर में पोते के जन्मोत्सव की खुशी मनाई जा रही है – यह एलान कर देने से मतलब था।

सुषमा अपने चौडे माथे पर अठन्नी जितनी बिंदी सजाए और 'आरकंडी' साड़ी पहने, जिसपर बनारसी बेल-बूटे कढ़े थे, इधर से उधर थिरक रही थी। उसके अंग-अंग में मादकता भरी थी। वह आज जितनी प्रसन्न थी, मैंने उसे इतनी प्रसन्न अपने दस-ग्यारह बरस के विवाहित जीवन में कभी नहीं देखा था। प्रणय के दिनों में भी नहीं।

बूढी खूसट नानी मां, जिसकी आयु सत्तर से दो-तीन साल बेसी थी, सिर के और भौंहों के बाल सन की भांति सफेद थे, कमर कमान की तरह दोहरी हो गई थी और चलने-फिरने से लाचार थी, बैठे-बैठे मुसकरा रही थी। चंधी आंखों से मेहमानों को यों देख रही थी जैसे कह रही हो, 'तुम

सब साक्षी हो, मैं नपूती या मनहस नहीं हूं। दूधों नहाई और सपूतों फली सौभाग्यशालिनी हूं।' उसका लोक और परलोक दोनों सुधर गए थे और वह प्रसन्न थी। बहुत प्रसन्न।

मेरी मां आई थी, बाप आया था, बहनें और भाई आए थे, ताई-चाची, मौसी-फूफी, दूर-नजदीक के संगी-साथी और मित्र आए थे, जिनमें बच्चे-बूढ़े, किशोर लड़के-लड़कियां, युवक-युवतियां और प्रौढ़ अथवा अधेड़ स्त्री-पुरुष थे। वे सभी खुश थे, चहक-चहककर, हंस-बोलकर हृदय के उद्गार व्यक्त कर रहे थे और 'चिन झिन नाचुंगी और दुनिया को नचाऊंगी' फिल्मी गीत के बोल दूर-दूर फैलते-तैरते जा रहे थे।

लेकिन मैं चाहता था कि अचानक जोर का धमाका हो—भयंकर बम विस्फोट से धरती फटे, कोहराम और भगदड मच जाए। लोग चीख़ें-चिल्लाएं और एक-दूसरे को पांव तले रौंद डालें। सुषमा और नानी मां की सारी खुशियां धूल में मिल जाएं। यह हर्षोल्लास का उत्सव भयंकर मृत्यु कांड में बदल जाए। कहकहों और किलकारियों की जगह चीखें और आहें सुनाई पड़ें।

'पिंटू!'

'जी, सरकार।'

'बेबी को लाओ।'

पिंटू भीतर से बेबी को ले आया। बेबी गोल-मटोल और सुन्दर था और जापानी गुड़िया-सा रेशम में लिपटा हुआ था।

'इधर ले आओ, मुझे दो।'

सुषमा अपने कोख के जने लाल को गोद में लेकर आगतों के सम्मुख प्रदर्शित करने लगी। एक सिरे से दूसरे सिरे तक घूम गई। बधाइयों की बौछार उसपर पड़ रही थी और वह मुसकरा रही थी।

बेबी को उसने अपनी कोख से जना था। निस्सन्देह वह उसकी मां थी और उसे मां कहलाने का प्रत्येक अधिकार प्राप्त था लेकिन उसने यह जानते-बूझते हुए भी कि बच्चा मेरा नहीं है, मुझे जबरदस्ती उसका बाप बना दिया था। मेरी जुबान बंद थी। मैं यह नहीं कह सकता था कि बच्चा मेरा नहीं है कि

मैं इसका बाप कहलाने से इनकार करता हूं।

'बेबी को अब आप ले लीजिए और आगे ले जाइए।'

सुषमा ने मेरे करीब आकर धीरे से कहा।

मैंने बेबी को गोद में ले लिया। लेने से इनकार नहीं कर सका।

बधाइयों की बौछार अब मुझपर हो रही थीं और मैं मुसकरा रहा था।

रेलवे लाइन नजदीक थी। यकायक इंजन की चीख सुनाई पड़ी। वह बड़ी तेजी से भक-भक करता हुआ आया और धुएं के बादल छोड़कर आगे निकल गया।

कितने ही क्षण गाड़ी की खट-खट कानों में पड़ती रही और मैं बेबी को गोद में लिए आगतों के सम्मुख प्रदर्शित करता रहा।

चहल-पहल और शोरो-गुल में मैं कुछ समय के लिए अपने को भूल गया था। आन्तरिक पीड़ा भी शरीर के किसी कोने में सिकुड़-सिमट गई थी। हर एक चीज का अपना गुण, अपना लाभ होता है। लोग झूठ-मूठ के उत्सव यों ही तो नहीं मनाते। उनसे मन बहलता है, गम गलत होते हैं और दूसरों की दृष्टि में मान-सम्मान बढ़ता है, मैं चाहता था कि यह चहल-पहल और शोरो-गुल यों ही जारी रहे और मैं उसमें खोया रहूं। लेकिन धीरे-धीरे मेहमान विदा हुए और सगे-सम्बन्धी भी जाने लगे। मैंने अपने को अकेला-अकेला महसूस किया। सिकुड़ी-सिमटी पीड़ा—तीव्र पीड़ा यकायक बदन के पोर-पोर में फैल गई जसे जूड़ी का ज्वर चढ़ता है। 'हराम की औलाद, कुतिया का पिल्ला।' अनाप-शनाप शब्द मेरे मुख से निकले। मुझे अपने पर काबू नहीं था। मैं सन्निपात में बड़बड़ा रहा था। मैं तुरन्त संभला। मन-ही-मन शर्मिन्दा हुआ। दाएं-बाएं नजर डाली। एक भी व्यक्ति आसपास नहीं था। किसीने मेरे ये अनाप-शनाप शब्द सूने नहीं थे। लोग खा-पीकर संतुष्ट थे। आगत जा रहे थे और परिवार वाले उन्हें विदा कर रहे थे।

'प्रहलाद, तुम रुको। रुक सकोगे ?'

"हां, मैं रुक जाऊंगा।' प्रहलाद ने उत्तर दिया और फिर मेरे मुख की ओर देखते हुए पूछा, 'तुम्हारी तबीयत ठीक है ?'

'हां ठीक है।' मैंने दृढ़ स्वर में उत्तर दिया और उसका कंधा पकड़कर कहा, 'चलो, अंदर, बैठेंगे।'

हम दोनों ड्राइंगरूम में आए। पांच बजे का समय था। हवा में खुनकी बढ़ गई थी। लगा कि ठंडक शरीर के रगो-रेशे में घुसती चली जा रही है। मैंने पिंट से दो शाल मंगवाई। एक प्रहलाद की ओर बढ़ा दी और दूसरी खुद ओढ़ ली।

'थक गया हूं।' मैंने काऊच में धंसते हुए कहा।

'ज्यादा खुशी भी थका देती है।' प्रहलाद ने बात में बात मिलाई और वह यों मुसकराया जैसे उसके मुसकराने भर से मेरी थकान हलकी हो जाएगी अथवा वह फिर से खुशी में बदल जाएगी।

'ज्यादा खुशी।' मैंने मन-ही-मन दोहराया और मन-ही-मन हंसा। मैं कहना चाहता था, 'प्रहलाद, यह खुशी नहीं, पीड़ा है—आंतरिक पीड़ा जिसे मैं किसीसे कह नहीं सकता, बांट नहीं सकता। मुझसे यह सही नहीं जा रही। इसीलिए तुम्हें रोक लिया है। मैं बातों में गम गलत करना चाहता हूं।'

सुगठित शरीर, ठिगने कद और भूरी आंखों वाला प्रहलाद मेरे बचपन का साथी है। हम दोनों स्कूल और कॉलेज में इकट्ठे पढ़े और जन-सांस्कृतिक मंच से दोनों एक साथ 'जनता में' जाकर 'जनता को शिक्षित और सचेत' बनाने का आंदोलन चलाते रहे। आज कोई दूसरा व्यक्ति मेरे इतना नजदीक नहीं था जितना कि प्रहलाद। लेकिन जिस एक झूठ ने दूसरे झूठ को जन्म दिया था, जो मेरी आंतरिक पीड़ा का कारण बना हुआ था, मेरे इस भेद को वह भी नहीं जानता था। 'प्रहलाद ! तुमने शायद पढ़ा होगा। महाभारतकार व्यास मुनि ने लिखा है—मैं बांहें फैलाकार चिल्ला रहा हूं, पर कोई भी व्यक्ति मेरी बात सुनने को तैयार नहीं है...'

'पढ़ा तो नहीं, सुना है। कैलाश कहा करता था।'

कैलाश हमारा मित्र—हमारा नेता था। 'जन-सांस्कृतिक मंच' उसीने संगठित किया था। हम सब उसे आदर और भरोसे की दृष्टि से देखते थे। प्रहलाद ने उसका नाम क्या लिया, मेरे घाव पर मरहम रख दिया। इस मरहम ने मेरी सारी पीड़ा हर ली। मैं प्रहलाद की ओर देख कर मुसकराया और कुछ क्षण तक यों ही देखता और सचमुच ही मुसकराता रहा।

'कैलाश तुम्हें याद आता है ?'

'क्यों नहीं, वह बहुत ही अजीब, बहुत ही भला आदमी था। ऐसे अजीब और भले आदमी को क्या कभी भुलाया जा सकता है ?'

अलका नाम की मेरी पालतू बिल्ली भीतर आई और उचककर मेरे पास काऊच में आ बैठी। वह सिर से पूंछ तक खरगोश की तरह सफेद थी। मैंने उसे थपथपाया तो वह टांगें फैलाकर चुपचाप मेरी बगल में लेट गई।

'मुझे तो जब एक बार कैलाश की याद आ जाती है तो घंटों बैठा उसीके बारे में सोचता रहता हूं।' मैंने बिल्ली की पीठ सहलाते हुए धीरे-धीरे कहा और फिर प्रहलाद के मुख पर आंखें गड़ाकर कहा, 'तुम मुझे कैलाश की बात सुना सकते हो ?'

'बात !'

'हां, उसके बारे में कोई बात, कोई घटना—जो भी तुम्हें याद हो।'

प्रहलाद सोच में पड़ गया। वह कुछ क्षण चुप बैठा अंगूठे से अंगुलियों के नाखून दबाता और उन्हें देखता रहा।

'लो एक घटना याद आ गई। वह मैं तुम्हें सुनाता हूं। काफी दिलचस्प है।' प्रहलाद ने जेब से रूमाल निकाला और उससे होंठ पोंछे।

'हां, सुनाओ।' मैंने उत्सुकता में भरकर कहा।

'तुम गांधीवादी नेता मन्नालाल को तो जानते हो ?'

'जानता हूं। वही टुइयां-सा व्यक्ति जो नशाबंदी बोर्ड का चेयरमैन है और जिसके शराब मत पियो', 'नशा मत करो' इत्यादि पोस्टर अकसर दीवारों पर लगे रहते हैं।'

'ठीक समझा। एक दिन कैलाश और मैं उसके पास बैठे हुए थे। रात के आठ-साढ़े आठ बजे होंगे। उर्दू का वह शायर जो काफी भारी भरकम था और शराब खूब पीता था...'

'नाम तो याद नहीं आ रहा। वह जो रेडियो पर काम करता था और फाटक हबश खां में रहता था।

'अच्छा, अच्छा, हैरत किरतपुरी, जो नज्म, गजल, गीत—जिस चीज की भी फरमायश करो चट लिख देता था। हमने भी उससे जन-सांस्कृतिक

मंच के लिए कई बार गीत लिखवाए थे।'

'तुम और मैं यों भी उससे कितनी दफा मिले और उसे मुशायरों में भी सुना। फिर भी जाने क्यों नाम दिमाग से उतर गया, प्रहलाद रुका और एक क्षण बिल्ली की ओर देखा, जो मेरी बगल में बड़े आराम से लेटी हुई थी। 'तुमसे प्यार करती है।'

'हां, करती है और मैं भी इससे प्यार करता हूं।' मैंने बिल्ली की पीठ पर हाथ फेरा। उसने कान खड़े किए और फिर दुबक गई।

'कैलाश और मैं मन्नालाल के पास मुहल्ले का कोई झगड़ा निपटाने के सिलसिले में गए थे।' प्रहलाद ने फिर बात शुरू की। "यह हैरत किरतपुरी बहुत ही घबराया हुआ बदहवास हालत में वहां आया। रान-सलाम के बाद मन्नालाल ने कुर्सी की तरफ इशारा किया, लेकिन हैरत बैठा नहीं। खड़े-खड़े ही बोला—"मुझे दस रुपया की सख्त जरूरत है।' 'शराब पीने के लिए ?' मन्नालाल ने विद्र प भाव से पूछा, 'नहीं, नहीं। खुदा की कसम, शराब के लिए नहीं। बीवी सख्त बीमार है। मुझे उसके लिए इंजेक्शन खरीदकर ले जाना है।' मन्नालाल कुछ क्षण उसके मुंह की ओर देखता रहा और फिर बोला, 'सच कह रहे हो ?' 'बिलकुन सच।' हैरत ने उत्तर दिया, 'खुदा की कसम उठा चुका हूं। आप अगर खुद से ज्यादा किसी और को मानते हैं तो कहिए उसकी कसम उठा लूं।' मन्नालाल ने दस रुपये का नोट बटुवे से निकालकर, उसे दिया और वह शुक्रिया अदा करके चला गया। दरवाजा पार करते पैर जरा लड़खड़ाए क्योंकि वह पहले ही पिए हुए था।

'बेहद शराब पीता था। उधार लेकर पीता था, मांगकर पीता था। जैसे भी मिले वह शराब पीता था और मुझे यकीन है कि बीवी की बीमारी तो महज बहाना था, इस दस रुपये की भी उसने शराब पी होगी।' मैं हैरत को खूब जानता था, इसलिए मैंने कहा।

'सुनो तो सही। यही तो मैं तुम्हें बताने जा रहा हूं।' प्रहलाद शाल को कंधों से गर्दन तक उठाते हुए बोला। सर्दी कुछ बढ़ गई थी। 'ज्यों ही हैरत बाहर निकला कैलाश ने मुसकराते हुए मन्नालाल से पूछा—'आपको विश्वास है कि वह इस दस रुपये की शराब नहीं पिएगा?' 'वह जाने, उसका धर्म-

ईमान जाने। उसकी आत्मा उसके साथ है और हमारी आत्मा हमारे साथ है।' मन्नालाल ने बटुए को मोटे खद्दर की जेब में रखते हुए उत्तर दिया। लेकिन इस उत्तर से शायद उसकी अपनी तसल्ली नहीं हुई, इसलिए दार्शनिक ढंग से व्याख्या की, 'किसी भी व्यक्ति पर संदेह करना अथवा घृणा करना हमारा धर्म नहीं है। मैं यह समझता हूं कि मैंने एक मित्र की आड़े वक्त में सहायता की है। कैलाश मेरी ओर देखकर मुसकराया और जवाब में मैं भी मुसकराया। वह घटना मुझे आज तक नहीं भूली। शायद कभी नहीं भूलूंगा।' प्रहलाद ने एक खास अंदाज से सिर हिलाया। 'उसके होंठों पर अब भी मुसकराहट तिर आई थी, जिसमें विद्रूप भरा था।

'तुमने यह बहुत ही छोटी बात सुनाई,' मैं जरा जोश में आकर बोला, 'बड़ी बात यह है कि दो-चार साल पहले जब मुशायरों का बहुत रिवाज था, यह मन्नालाल हर साल नशाबंदी के सिलसिले में मुशायरा किया करता था। हैरत किरतपुरी और हर विषय पर हर चीज लिखने वाले इसी तरह के दूसरे शायर शराब के खिलाफ धूम-धड़क्के से नज्में पढ़ते थे और मुशायरे से जो पैसा मिलता था, लौटकर उसीसे शराव पीते थे। क्या यह बात श्रीमान् मन्नालाल और नशाबंदी बोर्ड के उनके साथियों को मालूम नहीं थी ?'

'जरूर मालूम थी।'

'फिर क्या मतलब हुआ ऐसे मुशायरे बुलाने का। यह न कि पीने वाले पोते भी रहें और नशाबंदी के नाम पर उनकी अपनी लीडरी भी चलती रहे। धोखाधड़ी हमारे इस राष्ट्रीय जीवन का एक अभिन्न अंग बन चुकी है। दूसरों को ही नहीं, मनुष्य खुद अपने को धोखा देता है।'

'तुम्हारी बात से मुझे एक शेर याद आ गया। शायर ने इन्हीं लोगों पर फब्ती कसी है। सुनो, कैसा प्यारा शेर है :

औरों से होकर भी हम बाइज्जत हैं इस बस्ती में कुछ लोगों का सीधापन है, कुछ अपनी अय्यारी है।'

प्रहलाद ने शेर पढ़ा और खिलखिलाकर हंस पड़ा।

उसकी खिलखिलाहट से बिल्ली चौंकी। एक क्षण उसकी ओर देखती

रही और फिर उछलकर बाहर चली गई।

'तुमने बिल्ली को डरा दिया।"

"वह डरी नहीं। खुश होकर टहलने निकली है। शायद शिकार की खोज में।'

प्रहलाद मुसकराया और मैं भी मुसकराया। लेकिन उसकी मुसकराहट में व्यंग्य था और मेरी मुसकराहट में आंतरिक पीड़ा थी, कसक थी, जो मुझसे सहन नहीं हो रही थी।

मैंने प्रहलाद को रोका इसलिए था कि वह मेरा बचपन का साथी है, उससे इधर-उधर की और बीते दिनों की बातें करूंगा, जिससे मन बहलेगा और कम-से-कम कुछ देर के लिए मैं इस माहौल को और अपनी पीड़ा को भूल जाऊंगा। लेकिन उसने जो बात सुनाई, उससे यह पीड़ा कम होने के बजाय और बढ़ गई।

'तुम्हें देर तो नहीं हो रही ?'

'देर काहे की। अल्लाह मियां से नाता, न जोरू न जाता।'

प्रहलाद की आयु चालीस से ऊपर थी, लेकिन वह अविवाहित था। कपड़ा कर्मचारियों की एक यूनियन बना रखी थी। उसीके नाम पर दरीबा कलां में दफ्तर बना रखा था और रात को वहीं सोता था।

'तुमने अपनी जिस कल्पित प्रेयसी पर अपनी एकमात्र कविता लिखी थी, उसे नहीं खोजा?'

'खोजा तो बहुत, पर कहीं हाथ न लगी।' प्रहलाद ने उत्तर दिया और वह मेरी ओर देखकर मुसकराया।

'वे भी क्या दिन थे। हम सब सपने देखते थे और रोमांस में जीते थे।' मैंने कहा और उन सपनों को आंखों में भरकर प्रहलाद की ओर देखा, 'तुम्हें अपनी वह कविता याद तो होगी?'

'याद क्यों नहीं ? एक-एक शब्द दिल पर अंकित है।' उसने शाल अलग करके दिल के गिर्द अंगूली से घेरा-सा बनाया और कहा, 'वह कविता तो कैलाश को बहुत ही पसंद थी।'

'मुझे भी पसंद थी। इसीलिए तो इतने दिनों बाद एकाएक याद हो आई। सुनाओगे ? क्या नाम था उसका—'कहकहा' ?'

'हां, कहकहा। सुनोगे ?'

'हां सुनाओ।'

मैंने कमर सीधी की और सावधान होकर बैठ गया। प्रहलाद ने भी पहलू बदला, शाल घुटनों तक नीचे सरकाई और नाटकीय अंदाज में, जिस अंदाज में जन-सांस्कृतिक मंच के दिनों में सुनाया करता था, उसने कविता पाठ शुरू किया :

हम मिलें
हम मिलें छिप-छिप के तेरे घर कहीं
खूब बातें हों रसीले प्यार की
तू कहे और मैं सुनूं
मैं कहूं और तू सुने
मश्व हो जाएं सभी कुछ भूलकर।

यकबयक फिर चौंक जाएं हम किसी की चाप से
आ रही हो जो करीब
सांस फूले, दिल की हरकत तेज हो
तू परेशां हो उठे, दिल की हरकत तेज हो
और आंखें फैल जाएं खौफ से मुझको छिपाने के लिए...
और फिर वहम हो
वहम हो खतरा भी दुनिया की गुनाहों की तरह
तू हंसे
और मैं हंसू
गूंज उठे एक रंगी कहकहा
जो मुकद्दस हो मुहब्बत की तरह।

उसका चेहरा खिल उठा। वह मुसकरा रहा था और मैं उसे मुसकराते हुए देख रहा था। उसकी मुसकराहट बच्चे की मुसकराहट जैसी निरीह और कोमल थी। वह मुसकरा रहा था और मैं उसे देख रहा था। मुझे लगा कि उसके लिए सब कुछ मुकद्दस ही मुकद्दस पवित्र ही पवित्र है।

कल्पित प्रेयसी ने उसे अपनी झील जैसी नीली, गहरी आंखों में उतार लिया है और वहां वह मछली के सदृश तैर रहा था, बिलकुल हलका-फुलका और निश्चिन्त। वह अब भी उसी उज्ज्वल भविष्य का मधुर स्वप्न देख रहा है, जिसे करीब लाने के लिए हमने आज से कोई बीस बरस पहले जन-सांस्कृतिक आंदोलन जारी किया था और उसका हृदय अब भी जवानी के उसी उत्साह और आशा से ओत-प्रोत है। परिस्थितियों के अदल-बदल का और समय के क्रूर प्रहारों का उसपर कोई भी असर नहीं जान पड़ता। उसकी प्रसन्नता और निरीहता बदस्तूर बनी हुई है और बनी रहेगी। उसने अडिग विश्वास और दृढ़ निश्चय का जो कवच पहन रखा है, उसमें उसकी देह और उसकी आत्मा दोनों सुरक्षित हैं। उसका प्रेम हमेशा पावन और उसके स्वप्न हमेशा मधुर बने रहेंगे। वह अब भी कल्पना में जी रहा है और मुसकरा रहा है।

'कल्पना ही में प्रेयसी से सुखद-मिलन का मजा ले रहे हो।' मैंने कुछ देर अपलक और स्थिर उसकी ओर देखते रहने के बाद कहा। मुझे उस पर ईर्ष्या हो रही थी।

'मजाक कर रहे हो, दोस्त, प्रहलाद ने अर्थपूर्ण ढंग से सिर हिलाते हुए कहा, 'तुम्हीं मजाक नहीं करोगे तो भला और कौन करेगा ? मसल मशहूर है जब पेट भरा हो तो डकार आप ही आप आने लगती है।'

शाल उसने घुटनों से नीचे ढलका दी थी। सर्दी से बचाव के लिए शरीर पर काफी कपड़े नहीं थे। वह कुर्ता पायजामा और मुख्तसर-सा मामूली कोट पहने हुए था। शाल को अब भी ऊपर नहीं खींचा। सर्दी-वर्दी की उसे कुछ भी परवाह नहीं थी। गर्दन ऊंची किए और छाती उघाड़े वह सीधा बैठा था और मुसकरा रहा था। उसकी मुसकराहट अब भी बच्चे की मुसकराहट जैसी कोमल और निरीह थी। पेट और डकार का मुहावरा उसने यों ही औघड़ मन से इस्तेमाल किया, मुझ पर व्यंग्य-प्रहार करना उसका उद्देश्य कदाचित नहीं था। यह भी एक रंगी कहकहा था, मुहब्बत की तरह मुकद्दस और पवित्र।

मैंने प्रतिवाद करने और उसे यह बताने की जरूरत नहीं समझी कि जिसे

तुमने डकार की संज्ञा दी है, वह वास्तव में व्यथित हृदय, पीड़ित आत्मा का चीत्कार है

पिंटू चाय ले आया। हम दोनों ने चाय पी और इस दौरान जो बातचीत हुई वह बीते दिनों के और विशेषकर रेखा और उसके पति सतीश मलिक के बारे में थी। वे दोनों भी कॉलेज में हमारे साथ पढ़े थे, जन-सांस्कृतिक आंदोलन में, जनता को शिक्षित और सचेत बनाने में हमारे सक्रिय सहयोगी थे और इसी आंदोलन के दौरान उनकी प्रणय-लीला प्रारंभ हुई, जो शीघ्र ही विवाह-सम्बन्ध में बदल गई। सतीश ने एम०ए० किया, डाक्टर की उपाधि लेकर डॉ० मलिक बना और वह अपने कॉलेज के भौतिकी विभाग का मुख्य प्राध्यापक था। रेखा रेडियो और टेलीविजन आर्टिस्ट थी और नाटकों में अभिनय करती थी। फूल से दो बच्चे थे और उच्च-मध्य वर्गीय गृहस्थी की सभी सुख-सुविधाएं प्राप्त थीं। अब उनके लिए राजनीति पर बात करना एक शगल, एक शौक —मन बहलाना मात्र रह गया था।

प्रहलाद चला गया। ड्राइंग-रूम में अकेला बैठा मैं छत की ओर ताक रहा था और सोच रहा था प्रहलाद ही के बारे में। उसने किस तरह अपने आपको कवच में बन्द कर रखा है। 'घटना-चक्र से जरा भी विचलित नहीं होता। व्यक्ति जो कभी इतना नजदीक होता है, धीरे-धीरे अनजाने हीदूर चला जाता है। ऐसे व्यक्ति को आदमी अपना घाव दिखाए तो कैसे दिखाए ? अपने मन की बात कहे तो कैसे कहे ? कहना चाहे तो भी नहीं कह सकता।

मैं सोचते-सोचते रुका। छत से दृष्टि हटाकर दरवाजे की ओर देखा। और सस्वर बुदबुदाया, 'कहने का कुछ मतलब ही नहीं है। अंधे के आगे रोना अपने नयन खोना।'

मेरी पालतू बिल्ली अलका फिर भीतर आई। मैंने उसे लपककर उठा लिया, जसे कोई नन्हे-मुन्ने बच्चे को उठा लेता है, जसे मैं उसके आने का इन्तजार ही कर रहा था। मैंने उसे बांहों में भरकर भींचा, उछाला तो वह खुश होकर 'खुर, खुर' करने लगी और उसके लम्बे-लम्बे मूंछों जैसे बाल हरकत

में आए। मैं बिल्ली को गोद में लेकर फिर से काऊच में बैठ गया और उसके नर्म-नर्म पंजे से अपनी हथेली थपथपाने—सहलाने लगा। मैं सहला रहा था और सोच रहा था कि जैसे चेखोव की 'विपता' कहानी के तांगा वाहक नायक ने अपना दुख घोड़े से कहा था मैं भी अपना दुख बिल्ली को—अपनी अलका को कह सुनाऊं। अगर वह इसे समझ नहीं पाएगी तो कम-से-कम निरादर तो नहीं करेगी और मन को राहत मिलेगी।

'उफ !' सहलाते-थपथपाते अचानक पंजे पर मेरे हाथ का दबाव बढ़ गया और एक तेज नाखुन हथेली में चुभ गया।

मैं बिल्ली को अलग हटाकर हथेली अंगूठे से रगड़ने लगा। मामूली खरोंच आई थी। खून नहीं निकला था। अलका मेरी ओर यों देख रही थी जैसे क्षमा-याचना कर रही हो और उसे नाखून लग जाने का अफसोस हो।

'कोई बात नहीं।' मेरी नन्ही-मुन्नी पूसी, मेरी अल्का, आओ, 'मैंने बिल्ली को फिर गोद में उठा लिया। उसका वही पंजा बाएं हाथ में थाम लिया और दायां हाथ उसकी पीठ पर फेरते हुइ बुदबुदाने लगा। 'तेरा कुछ दोष नहीं। अनजाने में ऐसा हो ही जाता है। लेकिन हमारे घर में एक और बिल्ली है। उसके नाखून तेरे इन नाखूनों के मुकाबले बहुत पैने—बहुत ही पैने। उसने भी अपने ये पैने नाखून नर्म और मुलायम खाल में छिपा रखे थे। वह बड़ी भोली, बड़ी मासूम बनती थी, लेकिन घात लगाए बैठी थी। अवसर मिलते ही अपने पैने नाखून मेरे मस्तिष्क में गड़ा दिए, इत्ता बड़ा मांस ले गई। उनसे जो घाव बना वह रिस रहा है और मैं तड़प रहा हूं, कराह रहा हूं। लेकिन उसे जरा भी परवाह नहीं। देखो तो सही उसने कितने सहज भाव से कहा था 'बेबी को अब आप ले लीजिए और आगे ले जाइए' जैसे वह सचमुच मेरा बच्चा हो, जैसे वह जानती न हो 'कि मैं उसका बाप नहीं हैं। बिल्ली-बिल्ली—मक्कार बिल्ली !'

मैं रुका और चुपचाप बिल्ली की पीठ पर हाथ फेरता रहा। ऊपर से मैं शान्त था लेकिन भीतर घाव रिस रहा था, मेरा अंग-अंग दुख रहा था और पीड़ा पोर-पोर में समा गई थी। सिर्फ उसीका दोष नहीं। तुम्हारे एक झूठ से इस दूसरे झूठ ने जन्म लिया है।'

'मेरा झूठ!'

'हां-हां। तुम्हारा झूठ। इसमें भी कुछ संदेह है।'

मेरे ही शब्द मेरा मुंह चिढ़ा रहे थे। मुझे लगा था कि मैं गहरे शून्य और अंधेरे अतल गड्ढे में डूबता जा रहा हूं।

'तुमने यह बहुत बुरा किया।'

कैलाश के शब्द वातावरण में ध्वनित-प्रतिध्वनित हो उठे और उसकी आकृति—स्पष्ट सुदृढ़ आकृति मस्तिष्क में उभर आई।

सुख-दुख में जिस प्रकार नानी मां को नाना बाप—अपने स्वर्गीय पति की याद आती थी, उसी प्रकार मुझे कैलाश की याद आती थी और एक बार याद आ जाने के बाद मैं उसकी सुंदर छवि को स्मृति साकार बनाए-घंटों उसीके बारे में सोचता रहता था।

किसी व्यक्ति से हमारा जितना सामीप्य, जितना सानिन्ध्य होता है, हमें वह उतना ही अधिक याद आता है। नानी मां ने अपना अस्तित्व नाना बाप अपने पति 'स्वर्गीय विशम्भर नाथ के अस्तित्व में यों घुला-मिला दिया था जैसे जरा-सा गंध देने से चिकनी मिट्टी, चिकनी मिट्टी में मिल जाती है। विवाह के पश्चात् उसका अपना कुछ भी नहीं रह गया था। पति की धन-सम्पत्ति, उसकी आकांक्षाओं और उसकी वंश परम्परा से वह यों जुड़ गई थी, जैसे खुद पति जन्म से जुड़ा हुआ था। इसलिए नानी मां को पति का याद आना स्वाभाविक ही था। दरअसल पति नहीं गया था, नानी मां के अपने अस्तित्व का एक अंश—मुख्य अंश झड़कर कहीं शून्य में लोप हो गया था और जो अंश शेष रह गया था वह उस मुख्य अंश से जा मिलने के लिए तड़प-कलप रहा था...

कैलाश मेरा मित्र, मेरा सखा, मेरा गुरु—मेरा सर्वस्व था। उससे मुझे स्नेह मिला, प्यार मिला और उसने मेरे चिंतन को एक नई दिशा प्रदान की। इसी चेतना के कारण मैंने तुच्छ, निकृष्ट और हेय से नाता तोड़कर ऊंचे और महत्त्वपूर्ण को जीवन का लक्ष्य बनाया, सत्यम्, शिवम्, सुन्दरम् से अटूट सम्बन्ध स्थापित किया। अब कैलाश चाहे नहीं रहा था, सत्यम्, शिवम्, सुन्दरम्, से यह सम्बन्ध बराबर बना हुआ था, जीवन के उच्च और

महत्त्वपूर्ण लक्ष्य नजर के सामने थे और कैलाश की याद ही उज्ज्वल भविष्य का सुखद मधुर स्वप्न आत्मा को गुदगुदाने लगता था और मैं घंटों शान्त और स्थिर बैठा उसके बारे में सोचता रहता था।

जन-सांस्कृतिक मंच का संगठन कैलाश ने किया था और वही प्रहलाद, रेखा, सतीश मलिक, मुझे और कुछ अन्य साथियों को इस मंच पर लाया था और इस मंच द्वारा देश के जन-साधारण से, दरिद्र और उत्पीडित से हमारा सम्पर्क स्थापित हुआ था। कैलाश चाहे अब नहीं रहा था, पर जब भी उसकी याद आ जाती थी, मैं उसे महाभारतकार व्यास की नाई बांहें फलाकर देश के इन जन-साधारण को, दरिद्र और उत्पीडित संबोधित करके देखता और सुनता था, 'प्रियजनो, मेरे देशवासियो! आजादी कोई खाने-ओढ़ने की चीज नहीं है। आजादी से हम अपने देश की कुछ समस्याएं हल करना चाहते थे। ये समस्याएं विदेशी सरकार ने पैदा की थी, हमारी सदियों की गुलामी का घिनौना रूप थीं। लेकिन 15 अगस्त, 1647 के जिस सत्ता हस्तांतरण को बड़े धूम-धड़ाके से आजादी घोषित किया गया, उससे एक भी समस्या हल नहीं हुई बल्कि देश के बंटवारे से वे और बढ़ गई हैं। परिणाम यह कि कुछेक धनिकों का धन बेशक बढ़ा है। पर जन-साधारण की गरीबी बढ़ी है, बेकारी और बेरोजगारी बढ़ी है, फिर घूस, तस्करी और बटमारी यहां तक बढ़ी है कि भ्रष्टाचार का दूसरा नाम भारत पड़ गया है।'

श्रोताओं की करतल ध्वनि सुनाई पड़ती। बुझी-बुझी उदास आंखों में से क्रोध और आक्रोश की चिनगारियां फूट पड़ती।

'सज्जनो और बंधुओ, मेरे प्यारे देशवासियो !' कैलाश तनिक खंखार कर अपनी खनखनाती स्थिर आवाज में फिर कहना शुरू करता, 'जो कुछ हुआ और हो रहा है, वह अचानक नहीं हो गया। इसके पीछे गहरी साजिश काम कर रही थी। यह साजिश क्या थी और इसमें किस-किसका हाथ था यह इतिहास का विषय है। इस समय इतना समझ लीजिए कि यह साजिश मेरे और आपके—देश की समूची मेहनतकश जनता के खिलाफ योजनाबद्ध ढंग से रची गई थी। हमारे प्रिय लेखक, प्रेमचंद ने जो देश की दरिद्र, उत्पीड़ित मेहनतकश जनता से उसी तरह प्यार करते थे जिस तरह

मां अपने बच्चे से करती है, इस साजिश को बहुत पहले भांप लिया था और सत्रह बरस पहले इस साजिश का भंडाफोड़ करते हुए अपनी 'आहुती' कहानी की नायिका के मुख से कहलाया था—'अगर यह व्यवस्था ज्यों की त्यों बनी रहे, पैसे का शोषण, धर्म और जाति का दमन ज्यों का त्यों बना रहे और सिर्फ जॉन की जगह गोविंद को गद्दी पर बैठा दिया जाए तो मैं इसे स्वराज्य नहीं मानती। आप अंदाजा कीजिए प्रेमचंद ने कितने दर्द भरे दिल से यह भविष्यवाणी की थी और यह भविष्यवाणी कितनी सही सिद्ध हुई। व्यवस्था कहां बदली ? पैसे का शोषण, धर्म और जाति का दमन ज्यों का त्यों बना हुआ है। आप और हम इस दमन और शोषण की चक्की में गेहूं और चने की तरह पिस रहे हैं।'

कैलाश का गला रुंध जाता और वह माथे से पसीना पूंछने का अभिनय करता। अकसर उसे पसीना आ भी जाता था और आंखों से टप-टप आंसू झरने लगते थे। उसका अभिनय स्वाभाविक था, उसमें कृत्रिमता रंचमात्र नहीं थी। प्रेमचंद ने जिस दर्द में भरकर ये शब्द लिखे थे, कैलाश उसी दर्द में डूबकर उन्हें दोहराया करता था। और अभिप्राय यह था कि सुनने वाले बात की तह तक पहुंच जाएं, आजादी के नाम पर उनके साथ जो इतना बड़ा छल हुआ है, उसे भली-भांति समझ लें।

अभिनय करने में जन-सांस्कृतिक मंच के हमारे साथियों में कैलाश के जोड़ का एक भी अन्य व्यक्ति नहीं था। आठ-दस पात्रों वाले एकांकी को वह अकेला ही प्रदर्शन करने में सक्षम था। पात्र और स्थिति के अनुसार आवाज और मुखमुद्राएं बदलने में उसे कमाल हासिल था। स्त्री-पुरुष, बच्चा-बूढ़ा, स्वामी-सेवक, भिखारी और रोगी की आवाजें तो वह अलग-अलग निकालता ही था, कुत्ता, बिल्ली, शेर, भालू, बैल इत्यादि पशुओं और तोता, फाख्ता, मुर्गा, कबूतर और तीतर इत्यादि पक्षियों के विभिन्न स्वर भी मुख से यों निकालता था कि सुनने-देखने वाले चकित रह जाते थे। हर्ष और विषाद, घृणा और क्रोध, भय और आदेश की मुद्राएं भी अजीब होती थी। देखते ही देखते भौंहें तन जाती थीं और दूसरे ही क्षण होंठ मुसकरा उठते थे। जब वह 'आहुती' कहानी की नायिका के शब्द दोहराता था तो उसकी

वाणी में नारी सुलभ कोमलता, एक अनुभूत वेदना, बुद्धि और ज्ञान का बल और सत्य प्रसूत दृढ़ता होती थी।

प्रेमचंद ने जन-साधारण के दर्द को अपना दर्द बना लिया था, सब-कुछ देखा-परखा था और अपने लम्बे अनुभव से उन्हें जिस सत्य का बोध हुआ था, उसीको उन्होंने अपनी इस नायिका के मुख से—धरती रूप नारी के मुख से, व्यक्त किया था ताकि वह अधिक से अधिक प्रभावशाली बने, ताकि कोटी-कोटी देशवासी, स्वाधीनता और समता के लिए संघर्षरत देशवासी उसे मां के दूध की नाई आत्मसात करके इस शोषण और क्रूरता पर आधारित व्यवस्था को चूर-चर कर देने वाली शक्ति में बदल सकें। जन-सांस्कृतिक मंच का मुख्य अभिनेता कैलाश हमारी दृष्टि में उस सत्य की व्याख्या करने और उसे प्रचारित-प्रसारित करने वाला प्रेमचंद उत्तराधिकारी था—समाज प्रवक्ता था।

हमने उसे 'आहुति' कहानी के ये शब्द दोहराते और भीगे स्वर में उनकी व्याख्या करते कई बार सुना था और मैं जब भी सुनता था तो मेरे सम्मुख कहानी की गंभीर धीर नायिका की छवि—सुंदर, सुबुद्ध रमणी की आकर्षक छवि उभर आती थी। उसके होंठ हिलते और हर एक उच्चारण के साथ मोती जैसे दांतों की सफेद पंक्ति दिखाई पड़ती। बात पूरी कह चुकने के बाद वैसे तो वह शान्त और स्थिर होती, लेकिन कमान-सी भौंहें सात्विक क्रोध से तन जातीं।

देखते-देखते यह रमणी नई-नवेली दुलहन का रूप धारण कर लेती और मेरे मन में उसके प्रति प्रेम-भावनां उमड़-घुमड़ आती।

'अगर आहुति की यह नायिका इत्तिफाक से मुझे कहीं मिल जाए तो मैं उससे प्रेम की भीख मांगू।' एक दिन मैंने कैलाश के सामने अपने उद्गार व्यक्त किये। उससे मैं कुछ भी छिपाता नहीं था, अपने मन की बात एक बालक के सदृश भोले और सहज भाव से कह देता था।

कैलाश मुसकराया। उसकी मुसकराहट में व्यंग्य नहीं था बल्कि प्यार था, जो मित्र अथवा बड़े भाई का छोटे भाई के प्रति होता है।

'मेरे भोले पंछी !' उसने मेरे गले में बांहें डालकर कहा था, 'तुम्हें यह

नायिका मिलेगी कहां ? वह तो प्रेमचन्द ने अपनी कल्पना से घड़ी थी। वे जी-जान से चाहते थे, उनकी यह उत्कट कामना थी कि हमारे इस देश में ऐसे सुबुद्ध युवक-युवतियां उत्पन्न हों, जो वस्तु स्थिति को समझे, भ्रमजाल को तोड़े और भोली-भाली अनपढ़ जनता के विरुद्ध रचे गए राष्ट्रव्यापी षड्यंत्र को विफल बनाएं। यह तभी सम्भव था जब स्वाधीनता संग्राम सही ढंग से आगे बढ़ता, चेतना का स्तर समूचे रूप से ऊंचा उठता।'

कैलाश रुका। कुछ क्षण मौन के बीते। हम दोनों अलगअलग बैठे दूर क्षितिज की ओर देख रहे थे। वह चुप था। लेकिन मैं उसकी गहरी और स्थिर आवाज को ध्वनित-प्रतिध्वनित होते सुन रहा था।

'हमने आहुति की इस नायिका को देखा तक नहीं।' कैलाश ने उसी स्वर में बात आगे बढ़ाई, 'देखा तो कफन कहानी के घीसू और माधव को, जो गली-सड़ी व्यवस्था के शरीर पर रेंगने और कुलबुलाने वाले पिस्सू हैं, पिस्सु—निठल्ले और काम चोर, धुंधली दृष्टि उन्हीं पर जमकर रह गई और भूख-भूख चिल्लाना शुरू कर दिया। कहीं भूख-भूख चिल्लाने से भी व्यवस्था बदलती है ? परिणाम यह कि साहित्य और राजनीति में घीसुओं और माधवों की फसल उग आई। कोई मान्यता नहीं, आस्था नहीं, आदर्श नहीं। एकमात्र भूख रह गई, जो बढ़ते-बढ़ते सर्वभक्षी बन गई।'

वह खिलखिलाकर हंसा और ध्वस्त कर देने वाली तेजतेज निगाहों से शून्य में झांकता हुआ विद्र प भाव से हंसता रहा, जर्जर और कुरूप की, झूठ और पाखंड की खिल्ली उड़ाने वाली प्रलयंकारी भयंकर हंसी, सात्विक क्रोध से प्रसूत हंसी, जो कभी शिव तांडव नाच शुरू करने से पहले हंसा करता होगा।

अब भी जब मुझे उसकी याद आ रही थी, मैं उसे इसी विद्र पभरी मुद्रा में खिलखिलाकर हंसते देख-सुन रहा था। कुछ क्षण स्थिर बैठा देखता-सुनता रहा।

जन-सांस्कृतिक मंच पर हमने कैलाश के विभिन्न रूप देखे थे। जिस सहजता से वह स्वर और मुद्राएं बदलता था, उसी सहजता से रूप भी बदल लेता था। इससे उसका एकमात्र उद्देश्य यह था कि दर्शक और

श्रोता उसे ध्यान से सुनें-समझें, बात की तह तक पहुंचें और भ्रमजाल से बाहर निकलें।

जन-सांस्कृतिक आंदोलन में हम जो उसके साथी और सहयोगी थे, जिन्होंने 'जनता में जाकर जनता को शिक्षित और सचेत' बनाने की जिम्मेदारी अपने ऊपर ओढ़ रखी थी, उसे मन से प्यार करते थे और उससे प्रेरणा लेते थे। पुस्तकें वह बहुत पढ़ता था और पुस्तक को सस्नेह छाती से लगाकर कहा करता था कि जीवन में मनुष्य का सच्चा साथी और सच्चा पथ-प्रदर्शन अगर कोई है तो वह पुस्तक है। इतिहास उसका प्रिय विषय था। अपने ही देश का नहीं, उसने रूस, चीन, फ्रांस, इंग्लैड, जर्मनी और जापान इत्यादि सभी देशों का इतिहास पढ़ा था और बड़े ध्यान से पढ़ा था। अपने इस विस्तृत अध्ययन ही के आधार पर वह हमसे कहा करता था : 'हमारे सम्मुख जो समस्याएं हैं, हमें जिन भ्रम-भ्रांतियों को दूर करना है, वे इतिहास की देन हैं। इतिहास के अध्ययन ही से इनका समाधान सम्भव है। बिना पढ़े, बिना समझे नारे लगाना और भूख-भूख चिल्लाना बेमानी है।'

जनता को शिक्षित और सचेत बनाने के लिए हमारा—उनके साथी और सहयोगियों का शिक्षित होना जरूरी था। इसलिए पाठ्य-पुस्तकों और निहित स्वार्थों के प्रचार-प्रसार द्वारा जो खुराफात दिमाग में भर दी जाती हैं, उसकी खिल्ली उड़ाते हुए वह कहा करता था :

'अंग्रेज व्यापारी जो बदकिस्मती से हमारा शासक बना, बड़ा ही काइयां—बड़ा ही धूर्त था। हाथ पर सरसों उगाने में उसका सारी दुनिया भर में कोई दूसरा नहीं। उसके चरित्र की प्रमुख बात यह है कि मुनाफा उसका धर्म, उसका ईमान है।' मुनाफे के लिए उसने हमारे दस्तकारों के अंगूठे कटवाए और चीनियों के गले से अफीम उतारी। मुनाफे के लिए उसने घृणित से घृणित कर्म किए और घिनौने से घिनौने षड्यंत्र रचे। प्लासी की लड़ाई एक ऐसा ही घिनौना षड्यंत्र था। उसने बिना एक गोली दागे इस षड्यंत्र द्वारा बंगाल की नवाबी पर कब्जा कर लिया। धीरे-धीरे इन्हीं षड़यंत्रों द्वारा पूरे देश पर अधिकार जमा लिया और फिर यह अधिकार बनाए रखने के लिए षड्यंत्र-

दर-षड्यंत्र रचता रहा। उसने हमारे राष्ट्रीय आंदोलन के हर क्षेत्र में झूठे और नकली नेता घुसा दिए और इन घुसपैठियों की मदद से वह क्रान्ति को विफल बनाने में सफल हुआ।'

'घुसपैठियों' शब्द पर हमें हठात् हंसी आ गई, लेकिन दूसरे ही क्षण गम्भीर हो गए और कैलाश की ओर प्रश्नसूचक दृष्टि से देखने लगे। वह समझ गया कि हमें इसका स्पष्टीकरण चाहिए। वह मुसकराया और उसकी बड़ी-बड़ी आंखों में दीप से जल उठे। वह फिर बोल रहा था और हम सब मंत्रमुग्ध से सुन रहे थे। अपने कथन की उसने जो सोदाहरण व्याख्या की उससे हमारे चिरसंचित विश्वास—बहुत-सी मिथ्या धारणाएं कांच के खिलौनों की तरह टूट गईं।

'दोस्तो !' अंत में वह गहरी और थिर आवाज में कह रहा था, 'हमारे ही देश की बात नहीं, फ्रांसीसियों के आई, डचों और पुर्तगालियों के आई, लेकिन अंग्रेजों के किसी भी उपनिवेश में क्रान्ति नहीं आई। उसकी यह धूर्तता भरी हिकमते-अमली हमेशा सफल रही। उसने खुद अपने देश में क्रान्ति नहीं आने दी। सम्राट संस्था जो अब तक अक्षुण्ण बनी हुई है, इस बात का स्पष्ट प्रमाण है। और फिर देखिए ब्रिटेन की सम्राज्ञी हमारी भी सम्राज्ञी है क्योंकि हमारा देश आज भी ब्रिटेन कामन वेल्थ का राष्ट्र मण्डल का अभिन्न अंग है।' वह रुका और कुछ क्षण मूक लेकिन अर्थपूर्ण दृष्टि से हमारी ओर देखते रहने के बाद फिर बोला, 'अंदाजा कीजिए झूठ और पाखंड का यह भ्रमजाल जन-जन के चिंतन को जकड़े हुए हैं। एक झूठ से दूसरा और दूसरे से तीसरा जन्म लेता है। जब तक हम इससे छुटकारा नहीं पा लेंगे हमारा राष्ट्रीय जीवन गौरव और गरिमा से वंचित रहेगा।'

ये शब्द मेरी स्मति में अंकित होकर रह गए और मैं कई बार सोचता हूं कि बिना गौरव और गरिमा के आजादी का अर्थ क्या है।

कैलाश बांहें फैलाकर चिल्लाता रहा। लेकिन सच को सुनने और सहन करने वालों की कमी व्यास के युग में भी रही होगी और आज भी है।

नाना बाप को मैं कभी याद नहीं करता था; पर उसकी याद बरबस

आ जाती थी। उनकी याद आते ही एक कानखजूरा-सा दिमाग में सरसराने लगता था और सारा बदन झनझना उठता था। मैं उसे झटक देने का, दिमाग से निकाल फेंकने का, प्रयास करता तो वह अपने एक हजार पंजे एक साथ मेरी नर्म-नर्म त्वचा में गड़ा देता और किसी तरह भी निकाले न निकलता। मैं तड़प उठता; लेकिन वह अपने पंजे गहरे, गहरे और गहरे गड़ाता चला जाता। अप्रिय और दुखद घटनाओं का अंतहीन क्रम शुरू हो जाता। नामुराद घटनाएं, जिनके कारण मैं झूठ का जीवन जीने पर बाध्य हुआ था, जिन्होंने मुझे ठेलते-ठेलते विनाश के कगार पर ला खड़ा किया था।

'जूते उतारकर हाथ क्यों नहीं धोए ! यह चमारों का घर नहीं, बनिए महाजनों का घर है। घर की पवित्रता और स्वच्छता का ध्यान रखा करो। तुम अब सयाने हो गए हो। बेसमझ बच्चे नहीं हो।'

नाना बाप की आवाज सुनाई पड़ती और मेरे शरीर में सुइयां-सी चुभने लगतीं।

'ये किताबें, कापियां बिखरी क्यों पड़ी हैं ? इन्हें उठाकर बस्ते में रखो। ठीक है। तुम्हें अपनी चीज का खुद ध्यान होना चाहिए। संभाल लेने से किताबें मैली नहीं होती, फटती नहीं और सुबह स्कूल जाते समय ढूंढ़नी नहीं पड़ती। और यह देखो कलम भी उठाकर बस्ते में रखो। कलम भी उतनी ही जरूरी है जितनी कि किताब। छोटी से छोटी चीज के बारे में भी चौकस रहना चाहिए। सुई न हो तो बटन नहीं टांका जा सकता।'

हर समय उपदेश, हर समय हिदायत, चौकस और सतर्क रहने की अहंभरी चख-चख। मैं अपने मन पर उपदेशों और हिदायतों का मनों बोझ महसूस करता। मेरी हालत भारी और खुरदरे पत्थर तले दबी कोमल लता जैसी थी, जिसे बढ़ने-फैलने, हाथ-पांव पटकने की जरा भी स्वतंत्रता नहीं थी। विद्रोह भावना जिसे मैं समझ नहीं पाता था, मुझे बुरी तरह कोंचने लगती, गले में एक कड़ुवा कसैला लोंदा-सा अटक जाता और मैं रुआंसा हो उठता। 'मेरा लाल, मेरा बच्चा।' नानी मां मुझे पुचकारती, दुलारती और अपने आंचल से मेरे आंसू पोंछती। 'बड़ों की बात का बुरा नहीं मानते। वह

तुम्हारे भले के लिए ही कहते हैं। अभी से चौकस और सावधान रहोगे तो बड़े होकर खुब धन कमाओगे। मंदिर, धर्मशालाएं बनवाओगे और पुरखों का नाम ऊंचा करोगे। टॉफी दूं, टॉफी खाओगे ?'

नानी मां मेरे हाथ में टॉफी थमा देती। टॉफी चूसने से मुंह का स्वाद बदलता और कसैलापन दूर हो जाता। मैं चुप बैठा टॉफी चूसता और नानी मां की ओर देखता रहता। नानी मां मुझे अच्छी लगतीं और टॉफी भी अच्छी लगती। धीरे-धीरे मेरा मन बहल जाता। मन टॉफी से बहलता हो अथवा नानी की लोरी से बहलता हो, बहल अवश्य जाता। इसके बावजूद मेरे भीतर एक रिक्त, एक अभाव-सा बना रहता। यह अभाव क्या था ? इसे मैं महसूस तो करता था, समझने में असमर्थ था। अब सोचता हूं तो लगता है कि बच्चे को मां की छाती में सिर गड़ाकर रूह को गरमा देने वाली जिस स्निग्धता, वात्सल्य और ममता की उपलब्धि होती है, मेरा बचपन सर्वदा उससे वंचित रहा।

अभाव अनजाने, अनबूझे विद्रोह का रूप धारण कर लेता। मन में आती कि खूब ऊधम मचाऊं, कापियां और किताबें बस्ते से निकाल-निकालकर आंगन में छितरा दूं, कलम और दावात तोड़ डालूं। नाना बाप अगर सामने आ पड़ें तो उनका मुंह चिढ़ाऊं।

रूखा और नीरस लम्बूतरा चेहरा, अधपकी मंछे, तोते की चोंच जैसी तीखी और लम्बी नाक; काली टोपी और धोती—कानखजूरे का मानव रूप मस्तिष्क में उभर आता।

'दस रुपये लाओ और अपना गहना ले जाओ। ठीक है, तुम्हें लड़की विदा करनी है। उसका गहना उसे देना है। न देने से इज्जत जाती है, नाक कटती है। लेकिन भाई नाक रखनी है तो दस रुपये लाओ। हमारे पास तुम्हारा गहना, तुम्हारी धरोहर है, जब चाहो ले जाओ। हमें तुम्हारी नाक से कुछ मतलब नहीं। दस रूपये से मतलब है। हां, शाम तक आ जाओ। कल सुबह आ जाओ। जब भी आओगे, दुकान खुली मिलेगी। देखो मुनीमजी, मैं अगर न भी होऊं तो दस रुपये लेकर गहना इन्हें दे देना। इनका काम न रुके। लड़की विदा हो जाए और इज्जत बनी रहे।'

क्षीणकाय व्यक्ति लाठी टेकता हुआ दुकान की सीढ़ियां उतरता। मुझे उसपर तरस आता और नाना बाप की झूठी हमदर्दी से जी जल उठता। दस रुपये की छूट नहीं देगा, 'इज्जत बनी रहे' की रट लगाएगा। राक्षस कहीं का!

नाना बाप का लम्बा-चौड़ा कारोबार था। वह बड़-बड़े व्यापारियों, जमाखोरों और स्टोरियों-से लेकर मोची, धोबी और तेली-तम्बोली तक को रुपया कर्ज पर देते थे। मूल सुरक्षित रहे और व्याज बराबर वसूल होता रहे, इस बात की वह स्टांप, जमानत, रहन अथवा गिरवी—किसी न किसी ढंग से गारंटी कर लेने में कौवे से भी अधिक चौकस थे। बीसियों मकान और दुकानें थीं, जिनका किराया आता था। किराए और सूद की अंधी आमदनी थी। वह मुट्ठियां भर-भर कर जमना में डालते तो डालते-डालते थक जाते लेकिन धन खत्म न होता, खाने-पहनने से तो खत्म होने का सवाल ही पैदा नहीं होता था। वे संयम-नियम से रहते थे, 'सात्विक भोजन करते थे और रसोई में प्याज तक नहीं जा सकता था। अलबत्ता दान-दक्षिणा में. उनकी अखंड निष्ठा थी और धर्म-कर्म में खुले हाथ से धन लगाते थे। एक धर्मार्थ औषधालय और एक संस्कृत पाठशाला चलाते थे। चालीस-पचास हजार रुपया खर्च करके एक रामायण भवन बनवाया था, जहां कथा-कीर्तन और साधु-सन्तों के प्रवचन हमेशा होते रहते थे। मैं नानी मां के साथ कई बार कथा-कीर्तन और सत्संगों में गया था और नाना बाप को अन्य लोगों के साथ समवेत स्वर में झूम-झूमकर गाते सुना था :

'सच हरिभजन जगत सब सपना।'

भगवा वेषधारी साधओं और तिलकधारी पंडितों के प्रवचनों और भाषणों का मुख्य विषय भी 'जगत मिथ्या ब्रह्म सत्य' होता था। वे सभी विभिन्न शैली और विभिन्न शब्दावली में उपस्थित भक्तजनों और श्रद्धालुओं को सार तत्त्व के रूप में एक ही बात बताया करते थे :

'भगवान ने इस माया रूपी संसार को अपनी अद्भुत लीला दिखाने के लिए रच रखा था। प्रत्येक प्राणी अपने-अपने कर्मों का फल भोग रहा है। पिछले जन्म में किए गए अच्छे कर्मों का फल सुख-समृद्धि है और बुरे कर्मों का फल दुःख-दरिद्रता है। हमें ऊंच-नीच और छोटे-बड़े का जो भेद दिखाई देता है, वह कर्म-फल से निर्धारित होता है। हम इस जन्म में अच्छे कर्म करेंगे तो उनका फल हमें अगले जन्म में मिलेगा। भगवान के घर राई-रत्ती का हिसाब रहता है। गोस्वामी तुलसीदार ने, जो त्रिलोकदर्शी थे, इसी बात को बड़े सुंदर ढंग से कहा है :

'कर्म प्रधान विश्व रचि राखा
जो जस करहि सो तस फल चाखा।'

पांच बरस से पच्चीस बरस की अवस्था तक मैं इन सत्संगों में बीसियों बार गया। मेरी समझ और मेरे मन का भाव चाहे क्रमशः बदलता रहा; पर भजन और प्रवचन का विषय नहीं बदला, शब्द और शैली तक ज्यों की त्यों बनी रही। भक्तों का समवेत स्वर, अगरबत्तियों का धुआं और गंध आपस में गडमड हो जाने से वातावरण में कुछ ऐसा नशा-सा छा जाता था कि उपस्थितजन एक विचित्र आनंदतंद्रा में डूबे सपनों में तैरते जान पड़ते थे। नाना बाप भी स्वर में स्वर मिलाकर और घुटने पर ताल देकर 'सच हरि भजन जगत सब सपना' गाया करते थे। उन्हें देख लगता कि धन-सम्पत्ति, कारोबार और सगे-संबंधियों से अपना मिथ्या सम्बन्ध झटककर सत्यरूप ब्रह्म में लीन हो गए हैं।

लेकिन नाना बाप जब दुकान पर होते तो मैं उनका एक अलग ही रूप देखता, तब उनके लिए भजन और प्रवचन का अर्थ बदलकर 'ब्रह्म मिथ्या और जगत् सत्य' हो जाता। वह रुपये और नोटों को खूब देख-परखकर तिजोरी में रखते, गिरवी के लिए जो गहना-जेवर आता उसमें कितना सोना और कितनी मिलावट है, इसकी भली-भांति जांच करते। जांच करने में

उनकी आंखें बड़ी दक्ष, बड़ी तेज थीं, उनमें बरसों ही का नहीं सदियों का अनुभव संग्रहीत था।

'न हम जुआ खेलते हैं और न पैसा पानी में फेंकते हैं। खरा और साफ-सुथरा व्यापार करते हैं। पांच सौ रुपये तिजोरी से निकालकर देने के लिए कम से कम आठ सौ की चीज हाथ तले रखनी पड़ती है। तुम जो जेवर लाए हो, इसे अगर बाजार में बेचने जाटो तो तीन सौ से एक पैसा ज्यादा नहीं मिलेगा। अब तुम्ही बताओ कि पांच सौ रुपये किस भरोसे दें। अगर तुम न लौटा सको तो ब्याज़ तो ब्याज हमारा दो सौ मूल भी पानी में डूब जाएगा। ऐसा सौदा करने लगे तो हमें कौन अक्लमंद कहेगा।' नाना बाप ने आसामी के जेवर को हाथ से आंकते-तोलते कहा।

'आपकी अकनमंदी पर तो किसीको जरा भी संदेह नहीं।' आसामी चापलूसी के स्वर में उत्तर देता, 'पर यह भी सोचिए कि हमारा-आपका बरसों का सम्बन्ध है। मैं एक बार भी अपनी जुबान से फिरा ? नहीं फिरा तो बस जेवर का भरोसा नहीं मेरी जुबान के भरोसे ही रुपया मुझे दे दीजिए। महीने भर में पांच सौ के छह सौ बनकर लौटेंगे। मैं भगवान को साक्षी जानकर कहता हूं कि चाहे कुछ भी हो मैं ब्याज समेत पूरे रुपये का भुगतान कर दूंगा। इसमें जरा भी फर्क नहीं आएगा।'

नाना बाप धीरे से हंसे, वह कभी-कभार ही हंसते थे और इस हंसी का अर्थ आसामी को यह जताना होता था कि वह निपट मूर्ख है और बात में जो नुक्ता है उसे जरा नहीं समझता। 'यह हम भी जानते हैं कि रुपया तिजोरी से निकलने के बाद ही पांच सौ का छह सौ बनता है। लेकिन रुपये-पैसे के मामले में भगवान का कोई दखल नहीं। वह हमारा-तुम्हारा आपस का मामला है। हम इतना जानते हैं कि सम्बन्ध नया हो या पुराना खरा और साफ-सुथरा रखने ही से बना रहता है। वरंना टूटते देर नहीं लगती।'

आसामी ने बहुत हाथ-पैर जोड़े, बहुत मिन्नत-समाजत की, पर नाना बाप नहीं पसीजे, टस से मस नहीं हुए। आसामी बेचारा मुंह लटकाकर चला गया।

'आदमी तो भला है।' मुनीम ने बाद में कहा जैसे उसे भी आसामी पर तरस आया हो और उसका मन भी मेरी तरह पिघल गया हो।

'किसी के भले-बुरे से हमें क्या मतलब ? हमें तो अपना भला-बुरा देखना है।' नाना बाप ने उपेक्षा भाव से उत्तर दिया और फिर वह उसी तरह मुसकराए जिस तरह पहले आसामी की ओर देखकर मुसकराए थे। दरअसल नाना की बात में जो नुक्ता था उसे सिर्फ वही समझते थे, इसलिए इस मामले में उनके सिवा सभी मूर्ख थे। जहां तक उनकी अपनी बुद्धिमत्ता का सवाल था, दिन-दिन बढ़ रहा धन और सम्पत्ति उसका ठोस और प्रत्यक्ष प्रमाण था। मुनीम ने उनकी इस मुसकराहट को सबसे ज्यादा समझा-भुगता था और अब भी गर्दन झुकाकर अपनी मूर्खता स्वीकार की।

जब मैं साल-सवा साल का था, नाना बाप ने मुझे तभी गोद ले लिया था। नाना बाप मुझे प्यार करते होंगे, लेकिन ऐसा मुझे याद नहीं कि मैंने भी उन्हें प्यार किया हो। होश संभालते ही मेरा उनकी इस मुसकराहट से साक्षात् हुआ और मैं उनसे घृणा करने लगा। आयु के साथ-साथ घृणा भी बहुत बढ़ती चली गई और फिर जाने कब और कैसे मुझे खुद नाना बाप से घृणा हो गई, उनकी हर बात चुभने लगी और वह जो कुछ कहते मुझे उसके उलटे करने में खुशी होती। जब मैंने हायर सेकेंडरी पास की तो नाना बाप चाहते थे कि मैं आगे न पढ़ूं और किताबों में सिर खपाने के बजाय उनके साथ दुकान पर बैठा करूं। 'पढ़कर तुम्हें नौकरी तो करनी नहीं, अपना कारोबार देखना है, यह देखने-सीखने और अनुभव से आएगा। व्यर्थ की किताबें चाटने से दिमाग खराब होता है।'

नाना बाप को किताबों से चिढ़ थी और मुझे नाना बाप से चिढ़ थी। मैंने जिद पकड़ ली कि मैं आगे अवश्य पढ़ूंगा। पढ़ने में मेरी विशेष रुचि थी। हायर सेकेंडरी में मैंने 64 प्रतिशत अंक लिए थे और क्लास में मेरा दूसरा नम्बर था।

'इसका पढ़ने का जी है तो पढ़ने दो। अभी बच्चा ही तो है। काम सीखने को सारी उम्र पड़ी है, आप सीख लेगा।' नानी मां ने सिफारिश की थी और मैं

कालेज में भर्ती हो गया था।

नानी मां हमेशा मेरे आड़े आती थी और वह मुझे अच्छी लगती थी। कहा जा सकता है कि वह मुझे प्यार करती थीं और मैं उसे प्यार करता था। शुरू-शुरू में मुझे मां के निःस्वार्थ स्नेह और ममता का जो अभाव अखरता था नानी मां ने धीरे-धीरे एक तरह उसकी पूर्ति कर दी थी और मेरे जीवन में खुद उसने मां का स्थान पा लिया था।

कालेज जीवन स्कूल जीवन से इतना भिन्न होगा इसकी मैंने कल्पना भी नहीं की थी। मेरे जैसे पंख निकल आए हों और मैं पिंजड़े से निकले पक्षी की तरह खुले विस्तृत आकाश में उड़ने लगा। नाना बाप को जिन पुस्तकों से घृणा थी मैं उनकी ओर अधिकाधिक आकर्षित हुआ और मुझे यह समझते देर नहीं लगी कि पुस्तक ही मनुष्य का सबसे बड़ा मित्र है। जिसे पुस्तक से प्रेम नहीं, लगाव नहीं, उसका जीवन अधूरा और छिछला है। कालेज की बहुत बड़ी लायब्रेरी थी, जिसमें जगह-जगह लिया था 'पढ़ो ज्यादा', 'सोचो बहुत' और 'बोलो कम'। इतिहास, दर्शन, राजनीति और साहित्य इत्यादि विभिन्न विषयों की पुस्तकें अलमारियों में करीने से सजी हुई थीं। विद्यार्थी अपने-अपने कार्डो पर निकलवाकर ले जाते, पढ़कर लौटा देते थे और फिर पढ़ी हुई पुस्तक के बारे में एक-दूसरे से सगर्व बात करते थे।

'तुमने डिकन्ज का 'डेविड कापरफील्ड' पढ़ा ?'

"हां, पढ़ा। लेकिन मुझे डिकन्ज की अपेक्षा दोस्तोवस्की ज्यादा पसन्द है।'

'दोनों का अपना-अपना रंग अपनी-अपनी शैली है। जनता के प्रति जो अखंड सहानुभूति डिकन्ज़ में पाई जाती है वह दोस्तोवस्की में नहीं और मनुष्य के खंडित व्यक्तित्व को चित्रित करने में दोस्तोवस्की जिस गहराई तक जाता है कोई दूसरा नहीं जा सकता।'

'इसके बावजूद लोग लेखक के नाते तुर्गनेव, ताल्सताय और चेखोव को अधिक महत्त्व देते हैं।

'महत्त्व से क्या मतलब ?'

'मतलब यह है कि उन्हें दोस्तोवस्की से बड़ा मानते हैं।' 'बड़े-छोटे का मापदंड क्या है ?'

'मापदंड जो भी हो, वह आलोचक जानें। मैं अपनी नहीं दूसरों की बात कह रहा हूं।'

'दूसरों की बात भी आदमी कुछ सोच-सकझकर ही दोहराता है। लेकिन मेरा खयाल है कि उपन्यासकार के नाते ताल्सताय को भले ही दोस्तोवस्की से बड़ा मान लिया जाए, तुर्गनेव को नहीं माना जा सकता। हां, जहां तक कहानी का सम्बन्ध है, चेखोव अपना जवाब आप है। उसका कोई मुकाबला नहीं। वह मनुष्य के तीन रूप प्रस्तुत करता है। एक वह जो लोग उसे समझते हैं, दूसरा वह जो अपने बारे में खुद उसकी धारणा है और तीसरा वह जो वह वास्तव में हैं। गोपासां में कहानी का जो बाहरी रूप था, चेखोव ने उसे भीतरी बनाया और मनुष्य के अभ्यन्तर को प्रकट करने के लिए कहानी से एक्स-रे का काम लिया।'

बड़ी क्लासों के लड़के आपस में बोलते-बतलाते, मैं खोया-खोया और आश्चर्यचकित-सा उनके मुंह की ओर देखता रहता। खंडित व्यक्तित्व और उसकी गहराइयां तो बहुत दुर की बात है, मैं उस समय चेखोव और मोपासां इत्यादि के नाम तक से परिचित नहीं था। मेरे सामने वाक्य खंडों की फुलझड़ियां-सी छूटती रहती और शब्दों का रोमांसदेह में व्याप्त हो जाता। बातें सुनना मुझे अच्छा लगता था और किताबें पढ़ना भी अच्छा लगता था। जो कुछ समझ में आ जाता, उससे मन प्रसन्न होता था और बहुत कुछ जो समझ से बाहर था, उसे समझने का कड़े अखरोट तोड़ने का, प्रयास बराबर जारी रखा। पुस्तकों में मेरी रुचि दिन-दिन बढ़ती और परिष्कृत होती चली गई। जिस प्रकार बच्चे अंगुली पकड़कर धीरे-धीरे चलना सीखते हैं और फिर अपने ही पैरों पर लम्बे-लम्बे डग भरने लगते हैं, उसी प्रकार वाक्य खण्डों और शब्दों के सहारे मैंने विवादों की भूल-भुलैया में अपना मार्ग टटोलना शुरू किया और अंत में लम्बे-लम्बे डग भरने और दुर्गम विषयों को समझने में सक्षम हो गया। जैसे-जैसे ज्ञान में वृद्धि हुई मुझे अपना व्यक्तित्व भी बढ़ता-फेलता महसूस हुआ। कालेज में दो-ढाई साल बाद मुझमें और नाना बाप में

दूरी इतनी बढ़ गई थी कि इन्हें देखते ही मनः अवज्ञा और उपेक्षा से भर उठता था और जी में आती थी कि उनकी घृणित मुसकान को विषैले कीड़े की भांति पांव तले मसल डालूं और फिर उसे बिलबिलाते और लहू-लुहान होते देखकर हंसू—खूब हंसू। नाना बाप की सारी शेखी किरकिरी कर दूं। उनके झूठे दम्भ को धूल में मिला दूं।

इस दो-ढाई बरस में मेरा कद जैसे दो-तीन इंच बढ़ गया था। अब मैं नाना बाप या किसी भी व्यक्ति के सामने झेंप जाने वाला बच्चा या किशोर नहीं था, अपने अस्तित्व पर गर्व करने वाला प्रौढ़ बुद्धि का युवक.था।

कालेज में गोष्ठियां संयोजित होती थीं, जिनमें लड़के-लड़कियां खुद की लिखी कविताएं सुनाते, कहानियां पढ़ते और विचार-विनिमय किया करते थे। मैं भी इन मोष्ठियों में सक्रिय भाग लेने लगा। बहुत दिनों तक दूसरों की रचनाएं सुनता और उनके बारे में अपनी प्रतिक्रिया व्यक्त करता रहा, पर एक दिन साहस बटोरा और गोष्ठी में अपनी लिखी 'विद्रोही' कहानी पढ़ सुनाई। मुझे जो दाद मिली, उसकी मुझे तनिक भी आशा नहीं थी। एक सात-आठ बरस का बच्चा यानी मैं खुद कहानी का नायक और टुरां शरीर का नाना बाप खलनायक है। बच्चा रोज-रोज की हिदायतों रोज-रोज के आदेशों से मन-ही-मन कुढ़ता रहता है। 'तुम अब सयाने हो गए हो, अपनी चीजें संभालकर रखना सीखो,' सुनते-सुनते कान पक गए हैं। वह चुपचाप सुनता रहता है, हिदायत पर अमल करता और चीजें सहेजता रहता है। नाना बाप प्रसन्न है कि बच्चे को आज्ञाकारी बनाया जा रहा है। लेकिन बच्चे के भीतर आक्रोश की नन्हीं कोशिकाओं में विद्रोह का लावा पलता रहता है, जो एक दिन सहसा भयंकर विस्फोट में बदल जाता है। बच्चा जो बिखरी चीजें चुपचाप समेट लेता था, वह बस्ते में रखी कापियां और किताबें निकाल-निकालकर आंगन में छितरा देता है और दवात को फर्श पर पटककर तोड़ तालता है, स्याही के धब्बे दूर-दूर दीवार तक फैल जाते हैं।...

नानी मां और नाना बाप बच्चे को उद्दंड रुद्र रूप धारण किए स्थिर खड़े देखते हैं और देखते रहते हैं।

'तुम जाओ दुकान पर।' नानी मांनाना बाप को कंधे से धकेलती है और बिखरी चीजें समेटना शुरू कर देती हैं।

बच्चे ने नाना बाप की दम्भ भरी मुसकान को सचमुच पांव तले मसल दिया था और एक मूक कहकहा वातावरण में ध्वनित-प्रतिध्वनित हो उठा था। 'दिनेश, तुमने बहुत अच्छी कहानी लिखी है।' एम० ए० के छात्र और कालेज मैग्जीन के सम्पादक विनोद ने कैंटीन में चाय पीते समय कहां और फरमाइश की, 'क्या तुम इसे मैग्जीन के लिए दे सकते हो ?'

'क्यों नहीं। छपवाकर मुझे भी खुशी होगी।' मैंने सहर्ष उत्तर दिया।

'तो फिर लाओ। इसी अंक में चली जाएगी।'

'मैं चाहता हूं कि इसे दोबारा लिख डालूं। कुछ और सुधर जाएगी।'

'वह तो इसी हालत में बहुत सुन्दर है। दोबारा लिखने की जरूरत नहीं।' विनोद ने आश्वासन दिया और कहानी मुझसे ले ली।

कहानी और उसपर अपना नाम छापे के सुन्दर-उज्ज्वल अक्षरों में देखा तो मेरी खुशी का ठिकाना न था। मैग्जीन के उस अंक को प्यार से चूमा, छाती से लगाया जैसे वह हाड़-मांस का नन्हा-मुन्ना बच्चा हो। अकेले में कहानी को एक बार पढ़ा, दो बार पढ़ा और फिर अपने नाम के 'दि', 'ने', 'श', अक्षरों पर आंखें गड़ा दीं, देखता रहा, देखता रहा, जैसे वे अद्भुत जादू में ढले हों। नाना बाप की आकृति मस्तिष्क में उभर आई। मैग्जीन आगे बढ़ाकर कहा, 'लो, पढ़ो और किताबों का महत्त्व समझो। आप दो के तीन और तीन के चार बनाकर बहुत इतराते हैं। मनुष्य में कितनी सजन-शक्ति है, यह आप कभी नहीं जान पाएंगे। संसार में ऐसी भी प्रसन्नताएं हैं, जिन्हें पैसा नहीं खरीद सकता और पैसे वाला उन्हें समझने, उनसे आनन्द ग्रहण करने में असमर्थ हैं।'

परिचर्चाएं होती थीं। लड़के-लड़कियां बोलते थे और बाहर से जाने-माने विद्वान योग भी विभिन्न विषयों पर भाषण करने आते थे। मेरी उनमें भी दिलचस्पी बढ़ी। एक बार 'तानाशाही एवं लोकतंत्र' पर भाषण प्रतियोगिता हुई। मैंने उसमें भी भाग लिया। पुरस्कार तो मुझे नहीं मिला, लेकिन विषय-वस्तु की दृष्टि से मेरा भाषण आमतौर पर पसन्द किया गया और मित्रों ने

कहा, 'दिनेश, इसी तरह अभ्यास करते रहे तो एक दिन अच्छे वक्ता बन जाओगे।'

मेरा अस्तित्व फैल रहा था और मेरे परिचितों को संख्या बढ़ रही थी। मैग्जीन में उसके बाद भी दो कहानियां छपीं, लेकिन चौथी कहानी 'अनूठा उपहार' राजधानी के प्रमुख साप्ताहिक पत्न 'संगम' में प्रकाशित हुई तो मेरा नाम कालेज की चारदीवारी से निकलकर साहित्य जगत में जा पहुंचा। नाना बाप के लिए यह एक खुशखबरी हो सकती थी। लेकिन खुशखबरी तो तब होती जब वह इसे खुशखबरी मानते और इसके महत्त्व को समझते अथवा उसके बदले मुझे दो-चार हजार रुपये मिल गए होते। कहानी जैसी सूक्ष्म वस्तु का उनके नजदीक कोई मूल्य नहीं था।

एकाएकी जीने की अपेक्षा दूसरों से जुड़कर जीने ही से जीवन जीवन बनता है, यह बात जाने-अनजाने मेरी समझ में आ गई थी। कारण शायद यह रहा हो कि मेरा सहपाठी प्रहलाद वामपक्ष की राजनीति में सक्रिय था।वह कालेज की पढ़ाई के अलावा पार्टी मीटिंगों, जलसे और जुलूसों में भी भाग लेता था और अपने को हर समय व्यस्त रखता था। यों उसके चरित्न में एक विलक्षण दृढ़ता विकसित हुई, जो मुझमें नहीं थी। जिन प्राध्यापकों, विश्वविद्यालय के ऊंचे अधिकारियों अथवा नेताओं के सामने मैं कुछ झेंप जाता था, वह उनके साथ धड़ल्ले से बात करता और उसके मुख पर, एक सहज स्वच्छन्द भाव और आत्मगौरव की झलक दिखाई पड़ती थी। दूसरे लोग भी उसकी बात ध्यान से सुनते और उसका आदर करते थे। फिर वह अकेला नहीं था, मुख्तलिफ़ क्लासों और कालेजों के लड़के-लड़कियों का काफी बड़ा प्रभावशाली संगठित ग्रुप था। विश्वविद्यालय में जितनी भी सांस्कृतिक गतिविधियां, जितने भी खेल-कूद होते थे, उनके पीछे इसी ग्रुप का हाथ रहता था, उन्हें संचालित और संयोजित करने की जिम्मेदारी इन्हीं लोगों ने अपने कंधों पर ले रखी थी। मेरी कहानियों को सबसे अधिक इसी ग्रुप के लोगों ने सराहा और मेरे भाषण में क्या कमी और क्या विशेषता थी इसकी जानकारी भी मुझे इन्हीं लोगों से प्राप्त हुई। उन विद्यार्थियों की अपेक्षा जिन्होंने किसी-न-किसी

तरह परीक्षा पास करके डिग्री हासिल कर लेने ही को शिक्षा का उद्देश्य मान रखा था, इन लोगों का दृष्टिकोण व्यापक अध्ययन ठोस और हृदय उदार थे। वे अपने किसी सहपाठी को आगे बढ़ता देखकर ईर्ष्या करने के बजाय प्रसन्न होते और उसे प्रोत्साहित करते थे। मुझे भी इन्हीं लोगों ने प्रोत्साहित किया और मेरा उनसे प्रभावित होना स्वाभाविक था, किसी भी व्यक्ति को अपने व्यक्तित्व का विकास किसी भी दूसरी चीज से ज्यादा प्रिय होता है। जो. कोई भी इस विकास में उसकी सहायता करता है, उसीसे लगाव बढ़ जाता है और वही उसका मित्र, उसका सखा होता है। प्रहलाद, रेखा, मलिक और उनके दूसरे सहयोगियों से मेरा लगाव भी बढ़ा और मुझे उनके साथ उठने-बैठने, उनके साथ बातचीत करने में आनन्द का अनुभव होने लगा।

एक दिन हम लोग कैंटीन में बैठे कॉफी पी रहे थे और इधर-उधर की बातचीत हो रही थी। सहसा प्रहलाद ने विषय बदला और सतीश, मलिक की ओर देखकर कहा :

'क्या रेखा भी सांस्कृतिक आंदोलन में हमारा साथ देगी?'

'क्यों नहीं ? नारी पात्रों का अभिनय तो यही किया करेंगी।' मलिक ने प्याला हाथ में थामे हुए रेखा की ओर देखा।

'रात को देर तक रुकना पड़ेगा। मैं इसलिए कह रहा हूं। प्रहलाद कॉफी सिप करने के लिए प्याले पर झुका।

जब तुम लोग रुक सकते हो तो मैं क्यों नहीं रुक सकती ?' रेखा ने गर्दन ऊपर उठाई और प्रश्नसूचक दृष्टि प्रहलाद पर डाली।

'हमारी बात और है। हम मर्द और तुम अबला नारी।' प्रहलाद ने मुसकराते हए व्यंग्य प्रहार किया। और रेखा से नजरें हटाकर पहले मलिक और फिर मेरी ओर देखा।

'तुम मर्द होते तो चुल्लू भर पानी में डूब मरते। तुम्हारी मर्दानगी को दुनिया जानती है।' रेखा की भौंहें तन गई। जब वह बोल रही थी तो उसकी बड़ी-बड़ी स्याह आंखों की पुतलियां नाच रही थीं। 'तुम मर्दों ने नारी को अबला बनाकर रखा उसका परिणाम यह हुआ कि जो कोई भी बाहर से आया

उसी से पिट गए और उन अबलाओं को, जिनकी रक्षा का दायित्व तुमने अपने ऊपर ओढ़ रखा था, तुम्हारी आंखों के सामने उठाकर ले गए।'

हीयर, हीयर। क्या बात कही है।' मलिक ने नाटकीय ढंग से हाथ हिलाकर दाद दी और फिर रेखा की पीठ थपथपाई।

रेखा का कद ऊंचा, देह मांसल और संतुलित, नयन-नक्श तीखे और रंग चाहे सांवला था; लेकिन उसमें दीप-शिखा की आभा थी। उसने हरे रंग की साड़ी और उसी से मैच करता हुआ ब्लाउज पहन रखा था। वह होंठों का विद्रुप बनाए यों मुसकरा रही थी कि प्रहलाद को उससे आंख मिलाने की हिम्मत नहीं हुई।

कुछ क्षण मौन के बीते। मलिक और मैं रेखा को मुसकराते हुए देखते रहे। वह शान्त और स्थिर बैठी थी।

'तुम्हारा यह आंदोलन क्या है ? कुछ मुझे भी बताओ।' मैंने निस्तब्धता भंग की।

'हम लोग एक जन सांस्कृतिक मंच संगठन करने जा रहे हैं ?' प्रहलाद ने उत्तर दिया और वह कॉफी सिप करके फिर बोला, 'इसका उद्देश्य जनता में जाकर जनता की चेतना को ऊंचा उठाना है।'

'मैं समझा नहीं।' मैंने धीरे से कहा और प्रहलाद से नगरें हटाकर रेखा की ओर देखा।

'तुम झंडा उठाकर हमारे साथ चलोगे तो सब समझ जाओगे।' रेखा ने अपनी बड़ी-बड़ी आंखों में चंचलता भरकर और पुतलियां नचाकर उत्तर दिया और स्वर बदलकर आगे कहा, 'कुछ बातें ऐसी हैं जो बताने से नहीं सिर्फ झंडा उठाने से समझ में आती हैं।'

एक कहकहा हवा में उछल गया। वे तीनों हंसते रहे और मैं चुप बैठा उनकी ओर देखता रहा।

'लेकिन इन्हें झंडा उठाने में आपत्ति है।' प्रहलाद मेरे कंधे पर हाथ रखकर बोला।

'तुम यार, बेकार बात करते हो। मैंने उसका हाथ झटक दिया और उत्तेजित स्वर में कहा, 'तुमने कब झंडा उठाने को कहा और मैंने कब इनकार किया।'

वे तीनों गंभीर हो गए। कनखियों से मेरी ओर देखते हुए कॉफी पीते रहे।

'ठीक है, तुमने कभी इनकार नहीं किया।' प्रहलाद ने आंखें मेरे चेहरे पर गड़ा दीं और बात जारी रखी, 'लेकिन जिस परिवार में तुम्हारा लालन-पालन हुआ है, उसे देखते हुए खुद हमें तुमसे यह प्रस्ताव करते हुए संकोच हो रहा था।'

दरीबा कलां के जिस मुहल्ले में हमारा पैतृक मकान था, प्रहलाद भी उसी में रहता था। दोनों घरों में डेढ़-दो गज का फासला था। लेकिन उसका पिता पांच-छह सौ रुपये महीना पाने वाला साधारण क्लर्क था और मकान भी बहुत छोटा था, जिसमें साधारण मध्य वर्गीय ढंग से जीवन बिता रहे थे। दोनों परिवारों में यह अन्तर था, और इसके कारण हम दोनों में जो दूरी बनी हुई थी, प्रहलाद ने इसे आज पहली बार व्यक्त किया था, मेरे लिए यह एक प्रकार से गाली थी। मैं मन-ही-मन तिलमिला उठा; लेकिन अपने को संयत करके बोला :

'परिवार की बात छोड़ो। मैं झंडा उठाने को तैयार हूं।'

'तैयार हो तो तुम भी हमारे साथ आंदोलन में शामिल हो जाओ, हम तुम्हारा स्वागत करते हैं।' प्रहलाद ने रेखा और मलिक की ओर यों देखा जैसे उनसे अनुमति ले रहा हो।

"थ्री चीयर्स फार दिनेश।' रेखा ने आंखें मंचकाकर ताली बजाई और वे तीनो एक साथ मुसकराए।

सांकृतिक आंदोलन शुरू हुआ। इतवार अथवा छुट्टी के किसी भी दिन हम लोग सुबह प्रभात फेरी निकालते। हमारे हाथों में गत्ते और कपड़े के फेस्टून और मोटो होते, जिनपर देश की जनता ही देश की शक्ति है।' 'जन-संस्कृति जन साधारण में दुश्मन की पहचान पैदा करती और उससे लड़ना सिखाती है, 'उठो, उठो यह सदियों पुराना समाज बदल डालो।' इत्यादि वाक्य लिखे रहते। हम 'तू बुनकर तू मेमार अपनी किस्मत आप संवार' और 'जनता क्या चाहती है, संस्कृति का राशन' नारे लगाते हुए चलते और थोड़े-थोड़े फासले पर रुककर ऐलान करते। 'बन्धओ, मित्रो ! आज रात को आठ बजे हम लोग आपके मुहल्ले में फलां चौक अथवा फलां गली के फलां नुक्कड़ पर खुले मंच से अपना सांस्कृतिक कार्यक्रम पेश करेंगे,

जिनमें नाटक प्रहसन और गाने होंगे। भारी तादाद में आइए और अपने जन कलाकारों का हौसला बढ़ाइए।'

हम मुख्तलिफ मजदूर बस्तियों में, 'आर्यपुरा, मलकागंज, फराशखाना, बाड़ा हिन्दू राव इत्यादि मुहल्लों और इलाकों में गए और हमारा यह आंदोलन बहुत जल्द लोकप्रिय हो गया। हम जहां भी जाते वहीं हमारा स्वागत होता और इलाके के लोग बिजली तथा खुले मंच की पूरी व्यवस्था खुद कर देते। दर्शक काफी तादाद में आते और जब तक कार्यक्रम चलता मंत्रमुग्ध से देखते-सुनते रहते।

आंदोलन का नेता कैलाश न सिर्फ अभिनय करने ही में सिद्धहस्त था, उसे जन-साधारण में हिल-मिल जाने और सम्पर्क बढ़ाने की कला भी खूब आती थी। कार्यक्रम समाप्त होने के बाद वह लोगों में घुस जाता और कहीं भी पालथी मारकर बैठ जाता। देखने वालों को अपने गिर्द जमाकर लेता और किसी के भी कंधे पर हाथ रखकर पूछता :

'कहिए, आपको हमारा प्रोग्राम कैसा लगा ?'

'बहुत अच्छा लगा। आपने तो कमाल ही कर दिया।'

'कमाल तो खैर होता ही रहेगा। कैलाश मुसकराता और इधर-उधर एक सामूहिक दृष्ट्री डालकर कहता, 'आप लोगों को कोई त्रुटि दिखाई दी हो तो बताइए ताकि हम उसे दूर कर सकें। अपने सुझाव दीजिए ताकि हम लोग आपकी रुचि के नये नाटक और नये गीत तैयार कर सकें।

'हम अनपढ़ लोग आपको क्या सुझाव देंगे। आप खुद विद्वान हैं, पढ़े-लिखे हैं।'

'सिर्फ पढ़-लिख लेने से कोई विद्वान नहीं बन जाता। कबीर कौन-सी यूनिवर्सिटी में पढ़े थे ? वे भी तो आप ही की तरह अनपढ़ थे, कपड़ा बुनते थे। आप लोगों की तरफ से हम लोगों के लिए कितनी खरी बात कह गए हैं—'तुम कहो कागज की लेखी, मैं कहूं आंखों की देखी।' आप लोग दिन-रात पापड़ बेलते हैं, जीने के लिए सदियों से संघर्ष करते आ रहे हैं। आपकी आंख जो बात देख लेती है, वह किताबों में कहां मिलेगा ? आप लोग अपनी इस बात को समझिए और कबीर की तरह आत्मविश्वास के साथ कहना सीखिए, तभी

हमारा यह महान् देश आगे बढ़ सकेगा।'

कैलाश के लिए जनता देश और देश जनता थी और कहने का ढंग इतना सहज और सरल था कि सुनने वालों की आंखों में आत्मविश्वास की जोत जग जाती और वे तरह-तरह के सवाल पूछते। 'क्या कभी हमारे दिन भी बदलेंगे? हम भी कभी कोल्हू के बैल न रहकर मनुष्य बनेंगे ?'

"आप लोग अब भी मनुष्य हैं।' कैलाश खिलखिलाकर हंसता और दूर क्षितिज की ओर देखते हुए बात जारी रखता, 'मनुष्य जिनके भेजे में बुद्धि है। इस बुद्धि से बैल बनाने और बैल समझने वाले अपने शत्रुओं को पहचानिए और उनसे लोहा लीजिए।'

'लोहा लेते-लेते जाने कितने मर-खप गए। पर बात वहीं रही।' श्रोताओं में से किसीने सदियों का दुख-भरा इतिहास दोहरा दिया। कुछ क्षण मौन के बीते। भौंहें तन गईं और सिर तनिक झुक गए जैसे मर-खप जाने वाले शहीदों को श्रद्धांजलि अर्पित की जा रही हो।

'बात वहीं रही।' कैलाश ने दोहराया और सिर झटककर कहा, 'नहीं, नहीं। बात बहुत आगे बढ़ गई है। वह अब भी दूर क्षितिज की ओर देख रहा था और स्थिर आवाज में कहता चला गया, 'हम तो फिर भी साठ करोड़ हैं। हमारे पड़ोस में विएतनाम की तीन-सवा तीन करोड़ जनता एकजुट होकर दुनिया की सबसे बड़ी साम्राज्यवादी शक्ति को नाकों चने चबवा रही है। उसकी जीत हमारी जीत है। बात वहीं कैसे रही?'

इसके बाद जन-सांस्कृतिक मंच से दिखाए जाने वाले कार्यक्रम में एक आइटम विएतनाम के जन-युद्ध का और जुड़ गया। इसमें एक स्वागत भाषण और एक सामूहिक गान था। पहले कैलाश स्वततः भाषण का अभिनय करता और फिर हम सब मिलकर गान प्रस्तुत करते तो लगता कि देश-देश की जनता अपने शत्रुओं से लोहा ले रही है। संघर्ष कड़ा है; लेकिन वह अपने शत्रुओ को पराजित करती हुई कदम-कदम आगे बढ़ रही है। दर्शक रूप में एकत्र हुई हमारी जनता का विएतनाम की संघर्षरत जनता से, दुनिया भर की मेहनतकश जनता से तादात्म्य स्थापित होना और उसे अपने विराट रूप के—अजित रूप के दर्शन होते। वातावरण हर्ष-ध्वनि

और तालियों से गूंज उठता।

कैलाश को मैं पहले से जानता था, लेकिन निकट संपर्क में इस आंदोलन द्वारा आया। जनता क्या है, उसके संघर्ष और जीत का अर्थ क्या है—आनंद क्या है, यह भी इस आंदोलन के माध्यम से पहली बार जाना। लेकिन जब भी मैं जनता के शत्रुओं की कल्पना करता था तो मेरे मस्तिष्क में नाना बाप की टुआं आकृति उभर आती थी। मुझे वह पुराने समाज को बर्बरता का संदेह रूप दिखाई पड़ते। गले में लोदा-सा अटक जाता और मैं खंखारकर धरती पर थूक देता।

हम जिस इलाके में भी जाते, उसमें कोई एक मकान हमारे आंदोलन का केन्द्र बन जाता। सुबह प्रभात फेरी के लिए हम वहीं इकट्ठे होते, गत्ते और कपडे के मोटे लेकर चलते हैं और रात के कार्यक्रम की रिहर्सल भी वहीं होती। जब जामा मस्जिद के आसपास चितली कब्र और खिड़की तफज्जुल हुसैन इत्यादि इलाकों में कार्यक्रम दिखाने का समय आया तो हमारा मकान नजदीक पड़ता था और मैंने इस काम के लिए एक कमरा आप ही दे दिया। प्रभात फेरी और रिहर्सल शुरू हुई। नाना बाप ने एक दिन देखा, दो दिन देखा, मुंह से तो वह कुछ नहीं बोलते थे, लेकिन जो दृष्टि मुझपर डालते थे, वह कटार की अनी के सदृश सीने में उतर जाती थी। मैं भी चुप रहता, उनकी इस दृष्टि की उपेक्षा करता और आंदोलन के प्रति पहले से अधिक उत्साह दिखाता। नाना बाप से यह सब सहन नहीं हो सका। तीसरे दिन वह उबल पड़े।

'दिनेश, यह क्या बदतमीजी है ? घर में ऊधम मचाने के लिए दुनिया-भर के लोफरों को इकट्ठा कर लिया।' हम जब प्रभात फेरी के लिए तैयार हो रहे थे, नाना बाप गरजते हुए बाहर आए और हमारे फेस्टूनों को पांव से ठोकर लगाकर बोले, 'ले जाओ सब उठाकर, यहां यह हुल्लडबाजी नहीं चलेगी।

'पीछे हटिए। बदतमीजी आप खुद दिखा रहे हैं।' मैंने फेस्टूनों और नाना बाप के बीच में आकर कहा। मेरा पूरा 'शरीर क्रोध से कांप रहा था। 'इस मकान पर मेरा भी अधिकार है। इन लोगों को मैं लाया हूं। आपने जरा भी

दखल दिया तो उसका नतीजा होगा वह आप सोच लीजिए।'

नाना बाप ने एक नजर मेरी ओर देखा। उन्हें मेरा 'विद्रोह' कहानी में चित्रित उद्दंड रुद्र रूप दिखाई पड़ा और वह चुपचाप भीतरे चले गए।

दस-बारह दिन तक हमारा मकान जन-सांस्कृतिक मंच की गतिविधियों का केन्द्र बना रहा। चाय-पानी ही की नहीं, मैं कुछ मित्रों के लिए भोजन की व्यवस्था करता और जो रात को रुकना चाहते उन्हें वहां सुला भी देता। नाना बाप यह सब देखते, मन-ही-मन चाहे लाख कुढ़ते, पर मुंह से कुछ कहना तो दरकिनार उन्हें मुझपर कटु दृष्टि तक डालने का साहस नहीं हुआ। अलबत्ता एक दिन जब मैं अचानक भीतर गया तो नानी मां को उन्हें तसल्ली देते सुना :

'कोई बात नहीं। जनसेवा भी तो मनुष्य का धर्म है। यों समझो कि बेटा धर्म ही का काम कर रहा है।'

नाना बाप के नथुने फड़क रहे थे। वह शायद कुछ कहते, लेकिन मुझे देखकर चुप साध गए।

इस घटना के परिणाम स्वरूप मुझ में और नाना बाप में दुराव बढ़ गया। मैं यह बात कभी नहीं भुला सका कि उन्होंने मित्रों के सामने और विशेषकर कैलाश के सामने मेरा अपमान किया है। मैं उनसे इस अपमान का भीषण प्रतिकार लेना चाहता था।

सोच-समझकर मुझे उपाय सूझ गया। मैं दो-तीन दिन कुछ बीमार रहा। कह दिया कि मामूली सिरदर्द और बुखार है। डॉक्टर से दवा भी ले आया। चाहे मैंने दवा इस्तेमाल नहीं की।

'बात क्या है ?' कैलाश ने मेरा हाथ अपने हाथ में थामकर सस्नेह पूछा, 'लगता है कि तुम कुछ छिपा रहे हो ?'

मुझे उसके हाथ का स्पर्श बहुत प्रिय लगा और शायद मैं खुद चाहता था कि कोई मेरा अपना बनकर मेरे नजदीक आए और मैं उसे अपने मन की बात बताऊं।

मैं कैलाश की ओर देखकर सानंद मुसकराया। कुछ देर यों ही देखता रहा और फिर बोला :

'मैंने प्रतिकार लिया है।'

'प्रतिकार।'

'हां। उस दिन नाना बाप ने आप लोगों के सामने मेरा जो अपमान किया था मैंने उसका प्रतिकार लिया है। मैंने उल्लास और उत्साह में भरकर उत्तर दिया और तनिक रुककर बात जारी रखी, 'नाना बाप ने जिस लालसा से मुझे गोद लिया था, मैंने उस लालसा को धूल में मिला दिया है। उनके इस वंश और सूदखोरी की परम्परा को अपने ही पर खत्म कर दिया है।

मैं बैठक में चारपाई पर लेटा हुआ था। सामने गली में 'खिड़की खुली थी। दो व्यक्ति विपरीत दिशा में तेज-तेज चलते हुए आए और खिड़की के पास पहुंचकर अचानक आपस में टकरा गए।

'अंधे हो, देखकर नहीं चलते।' एक व्यक्ति ने दूसरे से उत्त जित स्वर में कहा।

'भई मैं अंधा सही। आप तो आंखों वाले हैं आप देख लेते। दूसरे ने विनम्र उत्तर दिया।

पहले व्यक्ति के हाथ से प्लेट गिरकर टूट गई थी। वह सिर झुकाए उसे देखने लगा। दूसरे व्यक्ति ने उत्तर ही दिया था कि आगे कुछ कहने की गुंजाइश नहीं थी।

कैलाश ने शायद न यह घटना देखी और न उन दोनों की बात सुनी। वह मेरा हाथ थामे शान्त और स्थिर बैठा था और उसकी मुख-मुद्रा अत्यन्त गम्भीर थी।

मैं उसकी ओर देखकर सहम-सा गया। चाहता था कि अपना हाथ खींच लूं, पर नहीं खींच पाया।

'तुमने बहुत बड़ी गलती की हैं।' आखिर वह बोला और मेरा हाथ आप ही छोड़ दिया।

मैं उससे आंखें न मिला सका। कुछ क्षण खिड़की से बाहर टूटी प्लेट के टुकड़ों और बिखरी दही को देखता रहा।

'इसमें गलती क्या है ?' मैंने पूछा और दांतों से नाखून काटने लगा। कैलाश ने कोई उत्तर नहीं दिया। खुद मुझे ही बोलना पड़ा, 'मैं जिस वंश से सूदखोरी की जिस परम्परा से घृणा करता हूं, क्यों उसका अंग बना रहूं? क्यों उसे आगे बढ़ाऊं? मैंने उसे हमेशा-हमेशा के लिए खत्म कर दिया है।'

मैंने अंतिम वाक्य दांत भींचकर कहा और मुट्ठी हवा में लहराते हुए विद्रूप भाव से मुसकराया।

'मेरे भोले पंक्षी। तुमने नाना बाप से प्रतिकार नहीं लिया। अपने पांव पर कुल्हाड़ी मारी है।' कैलाश ने मेरा हाथ फिर थाम लिया और उसे सहलाते हुए बात जारी रखी। 'तुम यह क्यों सोचते हो कि हमारी आने वाली पीढ़ियां सूदखोरी की इस परम्परा से अपना सम्बन्ध बनाए रखेगी? त्याग और जनकल्याण की परम्परा भी तो हमेशा से चली आ रही है। तुमने यह क्यों नहीं सोचा कि हमारी नई पीढ़ी अपनी नई चेतना के बल पर इस परम्परा से सम्बन्ध जोड़कर नये समाज के स्वप्न को साकार बनाएगी ? परम्परा का सम्बन्ध किसी एक परिवार विशेष या व्यक्ति विशेष से तो नहीं होता। तुमने क्रांति के दर्शन को नहीं समझा, परिवर्तन की प्रक्रिया को नहीं समझा। तुमने बिना सोचे-समझे बहुत ही गलत कदम उठाया है।'

कैलाश का रंग गोरा, चेहरा किताबी, आंखें बड़ी-बड़ी और बाल धुंघराले थे। उसके पिता प्राइमरी स्कूल में मामूली अध्यापक थे। लेकिन वह खुद एम० ए० पास करके एक स्थानीय कॉलेज में प्राध्यापक लग गया था। ब्याह किया था। पत्नी भी स्कूल में अध्यापिका थी। लेकिन वह खुद नौकरी चला नहीं पाया। कुछ साल पहले जब शान्ति आंदोलन जोरों पर था, मैंने उसे चौराहों पर खड़े पर्चे बांटते और अमन अपील पर हस्ताक्षर लेते देखा था। तीन-चार स्वयंसेवक साथ रहते थे। वह युद्ध के खिलाफ इसी लगन और तत्परता से प्रचार किया करता था, "जिस लगन और तत्परता से अब जन-सांस्कृतिक आंदोलन को चला रहा था।

मैं उससे प्रभावित हुआ था और मैं भी इसी लगन और उत्साह से काम करना चाहता था। मैंने अपने मन की बात सिर्फ उसीसे कही थी और मैं उसका समर्थन चाहता था। पर वह उलटा व्यक्ति हुआ। मैं उसकी व्यथा को उस समय पूरी तरह समझ नहीं पाया था, इसलिए प्रतिवाद किया : 'नये समाज का स्वप्न भी किसी व्यक्ति विशेष निर्भर नहीं है। विवेकानंद आजीवन अविवाहित रहे और कितना काम कर गए। भगतसिंह ने अपनी जवानी देश पर कुर्बान कर दी। मैं भी ब्याह-शादी के झंझट में न पड़कर अपना पूरा जीवन जन-सेवा और देश-सेवा के लिए अर्पित कर सकूँगा।'

मेरे कमरे में एक ओर विवेकानंद और दूसरी ओर भगतसिंह का चित्र

लगा था। कैलाश ने बारी-बारी दोनों चित्रों पर नजर डाली और फिर मेरी ओर देखा, कुछ क्षण मौन बैठा देखता रहा।

'तुम्हारा यह विश्वास बना रहे, मुझे इससे खुशी होगी।' उसने मेरा हाथ पूरा खोलकर उसपर अपना हाथ फेरा और फिर अंगुलियां मजबूती से पकड़ लीं। लेकिन स्त्री और पुरुष में एक नैसर्गिक सम्बन्ध है। इस सम्बन्ध को झुठलाया नहीं जा सकता। शिव और पार्वती दोनों मिलकर एक सम्पूर्ण इकाई—एक सम्पूर्ण व्यक्तित्व बनते हैं। जब तक अलग-अलग हैं तब तक अधूरे हैं। शास्त्रों में सम्भोग के आनन्द को ब्रह्मानंद का सहोदर कहा गया है। तुमने अपने-आपको इस आनन्द से वंचित कर लिया है। मुझे डर है कि तुम्हें कभी अपना यह अभाव—यह अधूरापन न अखरे और तुम्हारे लिए यह एक रोग न बन जाए।

कैलाश से यह मेरी अंतिम भेंट थी, उसके मुख से मैंने ये अन्तिम शब्द सुने। अगले दिन वह किसान सम्मेलन में गया और लौटते समय सड़क दुर्घटना में उसकी मृत्यु हो गई। हमने सुना और दिल पर पत्थर रख लिया। विश्वास नाम का उसका एक लड़का है, जिसकी उम्र इस समय छः साल के करीब है। पत्नी अब भी स्कूल में पढ़ाती है और अपनी सारी आशाएं अपने इस बेटे में केन्द्रित कर रखी हैं। पुस्तकें खरीदना और पढ़ना कैलाश की सबसे बड़ी हॉबी थी। उसने पुस्तकों का बहुत अच्छा संग्रह किया था। हमने उसके नाम पर कटरा नील में एक लाइब्रेरी बना दी है। ये सब पुस्तकें वहां रख दी हैं और इनके अलावा और भी खरीदते रहते हैं। लेकिन उन्हें पढ़ने में किसीकी विशेष रुचि नहीं। जब जीवन में लगन न हो, उत्साह और संघर्ष न हो, आपाधापी मची हो, पद और धन ही एकमात्र लक्ष्य रह गया हो तो पुस्तकें, जो वास्तविक अर्थ में पुस्तकें हैं, मनुष्य के लिए बेकार हो जाती है। वैसे हम अकसर लाइब्रेरी में इकट्ठे होते हैं, सामयिक समस्याओं पर चर्चा करते हैं, हर वर्ष कैलाश की पुण्य स्मृति मनाते हैं। लेकिन एक औपचारिक क्रिया, एक रस्म—इसके अतिरिक्त कुछ नहीं। कैलाश महाभारतकार व्यास की तरह बांहें फैलाकर जिस सत्य की ओर ध्यान आकर्षित करता

रहा, उसकी किसीको चिंता नहीं, परवाह नहीं। आपाधापी मची है, पद और धन की दौड़ लगी है, देश के भविष्य की कौन सोचे?

हमारा जन-सांस्कृतिक मंच कैलाश के कुछ ही दिन बाद छिन्न-भिन्न हो गया। लोग इधर-उधर बिखर गए, परिवार और व्यक्ति की परिधि में सीमित हो गए। सिर्फ जन-सांस्कृतिक मंच की ही बात नहीं, दाएं और बाएं की जितनी भी पार्टियां थीं वे केचुए की तरह टूट-टूटकर एक से दो और दो से तीन होती चली गईं। चीजों ही में नहीं, विचारों में भी मिलावट बढ़ती चली गई। सच और झूठ को यों गडमडा दिया गया कि उन्हें अलग-अलग पहचानना मुमकिन नहीं रह गया। महंगाई के मारे नाक में दम था। बेईमानी, रिश्वत और तस्करी दैनिक जीवन का अनिवार्य अंग बन गई। हत्या, लूट और बलात्कार की सनसनीखेज खबरों से अखबार के पन्ने रंगे रहते थे। रुपये के साथ-साथ मानव मूल्यों का भी बड़ी तेजी से अवमूल्यन हो रहा था। व्यक्ति अपने को जोड़े तो कहां जोड़े ? न कहीं आस्था थी और न कोई मार्ग सुझाई पड़ता था।

नाना बाप को क्षय रोग ने आ दबोचा। हस्पतालों में ले गए, बड़े-से-बड़े डॉक्टरों का इलाज कराया, पर कुछ लाभ नहीं हुआ। पैसा लुटते देखकर उनकी हालत और भी बिगड़ गई। बहुत दुख भोगा। ढाई-तीन महीने में सिसक-सिसककर मरे।

घर में नानी मां और मैं दो ही प्राणी रह गए। नानी मां' को पति के मरने का दुख स्वाभाविक था। उसने अपनी देह का पति की देह में विलय कर दिया था। जब वही नहीं रह गए तो फिर क्या रह गया। वह सूनी-सूनी आंखों से इधर-उधर देखती, कुछ भी सुझाई न पड़ता तो माथे पर हाथ रखकर हताश स्वर में कहती : 'मैं भी अब कितने दिन जिऊंगी और जीकर क्या करूंगी?' फिर प्रश्नसूचक दृष्टि मुझपर पड़ जाती-- 'बेटा, तुमने उनकी बात नहीं मानी। बहू देखने की हसरत दिल में लेकर चले गए।'

उसका स्वर टूट जाता और घिग्घी बंध जाती। न कहते हुए भी वह मुझे कहती सुनाई पड़ती—'क्या मैं भी यों ही चली जाऊंगी?'

मुझे कैलाश की याद आती। उससे अंतिम भेंट का दृश्य दृष्टि में खिंच

जाता और उसका व्यथित स्वर सुनाई पड़ता—'मुझे डर है तुम्हें कभी अपना यह अभाव न अखरे...तुम्हारे लिए यह एक रोग न बन जाए।'

कैलाश की आस्था जनता में थी। इसीलिए वह जनता में जाकर जनता की चेतना को ऊंचा उठाना चाहता था। जनता द्वारा देश के भविष्य को बदलना और नये समाज के स्वप्न को साकार बनाना चाहता था। मैं उसके उद्देश्य को समझने का प्रयास करते हुए भी समझ नहीं पाया था। व्यक्तिगत आक्रोश में भरकर मैंने बहुत बड़ी भूल की थी और वाकई गलत कदम उठाया था। उसने जो आशंका व्यक्त की थी, वह भी सही सिद्ध हुई। मुझे अब वाकई अपना यह अभाव अखर रहा था। और मैं अपने भीतर एक रिक्तता का अनुभव कर रहा था।

दिन हफ्तों में और हफ्ते दिनों में बदल रहे थे और मेरे भीतर का यह रिक्त बढ़ रहा था। नानी मां सूनी-सूनी आंखों से मेरी ओर देखतीं तो मुझसे उनका यह देखना सहन न होता, जैसे मैं निगाहों की चुभन से गुब्बारे की तरह फट जाऊंगा। मैं उसके करीब जाने से कतराता, इधर-उधर मुंह छिपाता रहता। सिर्फ वही दुखी नहीं थीं, मैं उनसे भी ज्यादा दुखी था। लेकिन मैं अपना दुख, अपनी व्यथा उनसे छिपा रहा था। इसलिए वह और भी असह्य हो गई थी और मेरा रिक्त बढ़ता जा रहा था।

मेरा जी दिल्ली में नहीं लग रहा था और नानी मां का भी नहीं लग रहा था। मकान की दीवारें खाने को दौड़ती थीं, जैसे यह घर नहीं, मकबरा हो, जिसमें हम दोनों को जीवित दफना दिया गया हो।

'हरिद्वार चलोगी?' मैंने नानी मां से पूछा।

'चलो बेटा, कहीं भी चलो।' उसने पलकें उघाड़कर उत्तर दिया। घर क्या, उसका मन दुनियादारी से उचाट हो गया था?

हम दोनों एक हफ्ता हरिद्वार में रहे और वहां से मंसूरी चले गए। मेरी एक नानी मौसी देहरादून में थी। वे होटलबिजनेस करते थे और उनका एक बहुत बड़ा होटल मंसूरी में भी था, जो दूर-दूर तक प्रसिद्ध था। सैलानी लोग उसमें अपने कमरे बुक करवा लेते थे और कुछ तो पूरा सीजन वहीं बिता देते थे। मैं और नानी मां भी इसी होटल में ठहरे। अश्विनी कुमार नाम का मेरा

एक मौसेरा भाई था। उन मुझसे साल-दो साल कम होगी। लेकिन कद ऊंचा, शरीर भरा हुआ और डीलडौल में वह मुझसे ड्योढ़ा था। होटल चला रहा था। उसने हमें हर तरह की सुख-सुविधा जुटाने में कोई कसर नहीं उठा रखी। वह बड़ा ही व्यवहार-कुशल और विनोदप्रिय व्यक्ति था और होटल के सभी ग्राहक उससे प्रसन्न रहते थे।

'दिनेश भैया, तुम अब झटपट शादी कर डालो।' उसके एक दिन हमारे साथ चाय पीते हुए कहा और बात जारी रखी, घर में बहु आएगी, बच्चे होंगे, तो मौसी का मन बहलेगा और उनकी उजड़ी हुई दुनिया फिर से बस जाएगी। तुम्हीं अगर खयाल नहीं रखोगे तो इनका बुढ़ापा कैसे गुजरेगा?'

'क्या मेरे लिए कोई लड़की ठीक कर रखी है?' मैंने बात मजाक में टालने का प्रयास किया।

'वाह तुम हामी भरो, लड़कियों का देखते-ही-देखते क्यू लग जाए।' उसने इस अंदाज से अंगुली हिलाई जैसे हमारे बरामदे से दूर सड़क तक लड़कियों का सचमुच क्यू लगा हो और वह उसकी तरफ इशारा कर रहा हो।

नानी मां के मन की बात हो रही थी। उसकी बूढी आंखें चमक उठीं। उसने एक नजर अश्विनी कुमार को और फिर एक नजर मुझे देखा।

'हां, तुम्हारे पड़ोस वाली सुषमा बहुत अच्छी लड़की है। तुम कहानी लिखते हो वह चित्र बनाती है। दोनों कलाकार हो। दोनों की खूब निभेगी। कहो, बात चलाऊं?'

हमें मंसूरी आए पंद्रह दिन हो गए थे। सुषमा और उसका पिता डॉक्टर सुमे रचन्द पहले ही से बगल वाले कमरे में रह रहे थे। वे भी देहरादून के रहने वाले थे और अश्विनी कुमार के परिवार के साथ उनका घनिष्ठ सम्बन्ध था। इसलिए हमारे साथ परिचय होते देर नहीं लगी। बाप-बेटी दोनों शिष्ट स्वभाव के मिलनसार व्यक्ति थे। सुषमा दरम्याने कद और सुडौल शरीर की सुन्दर रमणी थी। वह पिता के साथ सुबह-शाम घूमने अवश्य जाती थी वरना चित्र बनाने में व्यस्त रहती थी जैसे चित्र बनाने के अलावा और कोई चीज में उसकी जरा भी दिलचस्पी न हो और जैसे उसका जन्म ही चित्रकला के लिए हुआ

हो। और कोई साध, और कोई चिंता उसे न सताती हो। वह सहज सरल ढंग से बात करती तो होठों पर फूल से खिल जाते और उसकी वह छवि देखते ही बनती थी।

उसने मंसूरी आकर चार नये चित्र बनाए थे। तीन बन चुके थे, एक अभी अधूरा था। लेकिन अधूरे ही में कल्पना साकार हो गई थी, जहां-तहां कुछ रंग भरने शेष थे। यह सूर्योदय का दृश्य था।

'इस विषय पर अनेक चित्र बन चुके होंगे। पर आपकी कल्पना ने नई बात पैदा कर दी है। सूर्योदय को एक नया रूप प्रदान किया है। रंग, रंग नहीं दिखाई पड़ते। लगता है कि पूर्व दिशा से नवजागरण का सन्देश आ रहा है।' सुषमा मुसकराई। मैं अपने शब्दों पर आप ही मुग्ध हो उठा। जी चाहता था कि वह यों ही मुसकराती रहे। और मेरे शब्दों को ध्वनित-प्रतिध्वनित होते सुनती रहे।

'मेरे मन में जब कोई विचार आ जाता है तो मैं अपने मस्तिष्क में उसके उपयुक्त रंगों की योजना स्थिर करती हूं और तब उसे केनवस पर उतारती हूं।' उसने अपनी घनी लम्बी पलकें उठाकर और धीरे-धीरे अंगुली हिलाकर अपनी सृजन प्रक्रिया की व्याख्या की तो मेरी आत्मा का कण-कण खिल उठा।

शायद उसीके कारण मैं इतने दिन रुक गया था। उसे देखने मात्र से मुझे सुख मिलता था। लेकिन उसके साथ विवाह सम्बन्ध की मैंने कल्पना तक नहीं की थी और करना भी नहीं चाहता था। अब जब अश्विनी कुमार ने सुझाव रखा तो वह मुझे एकदम असम्भव जान पड़ा और मैंने यह सोचकर कि नानी मां का मन बहलेगा और कुछ दिन आराम से बीतेंगे अश्विनी कुमार को बात चलाने की अनुमति दे दी।

लेकिन वे लोग तो जैसे पहले ही से तैयार थे। उन्होंने प्रस्ताव चट स्वीकार कर लिया और मेरे लिए भाग निकलने का कोई मार्ग नहीं रह गया था, सिर्फ एक ही मार्ग था कि मैं कह देता कि मैंने आपरेशन करवा लिया है और मैं शादी नहीं करूंगा। लेकिन खुद मुझे अभाव अखर रहा था और मैं अपने भीतर का रिक्त भरना चाहता था। इसलिए चुप साध ली। रहस्य,

रहस्य बना रहा।

ब्याह के तुरन्त बाद मैंने नई दिल्ली की यह कोठी खरीद ली, जिसमें गुलमोहर और अमलतास के पेड़ थे, फूलों की क्यारियां थीं, ताजा हवा और रोशनी थी। अम्बेसडर कार खरीद ली और ठाठ से रहना शुरू कर दिया। मैं चाहता था कि सुषमा हर तरह प्रसन्न और सन्तुष्ट रहे और अपने आपको इस घर की रानी समझे। ब्याह से उसका रूप और भी निखर आया था, वह पहले से अधिक निरीह और सरल दिखाई पड़ती थी और बड़े उत्साह से चित्र बनाने में व्यस्त रहती थी। जब उसने कोठी में आने के बाद अपना नया चित्र अरोहना शुरू किया तो मैं मन-ही-मन बहुत खुश हुआ। एक दिन जब वह चित बनाने में तल्लीन थी, मैं दबे पांव उसके पीछे जा खड़ा हुआं और चुपचाप उसे कभी इस ब्रश से, कभी उस ब्रश से रंग भरते और सृजन-क्रिया में सानन्द गुनगुनाते देखता-सुनता रहा। अचानक जब उसकी दृष्टि मुझपर पड़ी तो वह चौंकी।

'तुम्हारा यह चित्र देखकर' मैंने मुसकराते हुए कहा, 'अमृता शेर गिल की याद ताजा हो गई।

'सच ?' सुषमा पलकें उघाड़कर और आंखों में उल्लास भरकर बोली।

'अगर तुम इसी लगन से काम करती रहीं तो मुझे विश्वास है कि बहुत जल्द अपनी एक अद्‌भुत शैली विकसित कर लोगी।'

'हंस मोती चु गता है' कहां तक सच है, यह मेरे अनुभव से बाहर है। लेकिन कलाकार प्रशंसा के मोती चुगकर गद्‌गद् हो उठता है और सब कुछ भूल जाता है, यह मैंने अपनी आंखों देखा। सुषमा की बड़ी-बड़ी सुन्दर आंखें पूरी खुली थीं और होंठों पर मृदु मुसकान थी। इस प्रसन्न मुद्रा में वह कैनवस पर अरोहे चित्र के समान निलिप्त और निरीह जान पड़ती थी। जी चाहा कि उसे बांहों में कस लूं, होंठों पर होंठ रखकर इस मृदु मुसकान को अपने भीतर भर लू और फिर कहूं : 'सुषमा, मैंने तुम्हारे साथ छल किया है। क्या तुम मुझे उसके लिए क्षमा कर दोगी?'

मुझे विश्वास था कि अगर मैं अपने मन की बात कहता तो वह बड़े

इतमीनान से सुनती और शायद क्षमा भी कर देती। कलाकार सामान्य व्यक्ति की अपेक्षा बहुत उदार होता है। लेकिन मैं बिना कुछ कहे-सुने लौट आया। सोचा कि उसका यह मूड बना रहने दूं, अपनी यह बात तो किसी दूसरे समय भी कही जा सकती है बल्कि इसके लिए फुरसत का दूसरा समय ही उचित होगा।

लेकिन फुरसत के समय आए और चले गए। मैं अपने निश्चय पर अडिग नहीं रह सका। हर बार यह सोचकर टालता रहा कि आखिर सुषमा को ऑपरेशन की बात बताने और उसे व्यर्थ में परेशान करने की जरूरत क्या है। वह और मैं दोनो मिलकर एक पूर्ण इकाई—एक पूर्ण व्यक्तित्व बन चुके हैं। शास्त्रों में जिस आनन्द को ब्रह्म आनन्द का सहोदर कहा गया है उससे न मैं वंचित हूं और न वह वंचित है। वह चित्रकला के प्रति इतनी समर्पित है कि बच्चे की लालसा उसके नारी-मन में कभी उत्पन्न ही नहीं होगी। जिस अभाव के लिए मैं जिम्मेदार हूं, वह उसका अभाव क्यों बने ? उसे क्यों दुविधा में डाला जाए ? क्यों न वह सुखी और तृप्त मन से चित्र अरोहती रहे ?

मैंने अपने मन का भेद मन में रखने और सुषमा को कभी न बताने का निर्णय किया।

लेकिन मेरे और सुषमा के अलावा घर में नानीमां भी थी। पुराने मकान से कोठी में जाने के बाद उसने सबसे पहली बात यह कही थी— 'बेटा, यह तो हो गया। अब बहू की गोद भरे और मैं बच्चे का मुंह देखू तो न सिर्फ मेरी आत्मा, बल्कि उस मरने वाले की आत्मा भी प्रसन्न होगी।'

नानी मां को क्या मालूम कि मरने वाले की आत्मा को दुखी रखने के लिए ही मैंने वह कदम उठाया था, जिसके कारण बच्चे का मुंह देखने की साध कभी पूरी नहीं होगी। लेकिन नानी मां मुझे प्यार करती थी, मैं भी उसे प्यार करता था और उसके दुख-तकलीफ को मैं अपना दुख-तकलीफ समझता था। इस खयाल से कि उसे बच्चे का अभाव ज्यादा न अखरे मैंने यह सफेद रंग की बिल्ली पाल ली और उसका नाम 'अलका' रखा। अलका से मेरा और सुषमा का भी मन बहलता था। जब हम उसे 'पुसी'

कहकर पुकारते और वह पंजों के बल कभी इधर और कभी उधर चलती तो वह हमें नन्ही-मून्नी दुध पीती बच्ची जान पड़ती। हम उसे गोद में भर लेते। मैं उसे सुषमा की ओर और सुषमा उसे मेरी ओर उछाल देती। उसे भी गेंद की तरह उछलने और लपक लिए जाने में मजा आता। नानी मां भी आंखों में उल्लास भरकर देखती रहती जैसे यह बच्चा खिलाने की रिहर्सल हो।

एक दिन सुषमा ड्राइंग-रूम में बैठी अलका से खेल रही थी। कभी अपना दायां गाल और कभी बायां गाल उसकी थूथनी से सहला रही थी और उसकी आंखों में आंखें डालकर हंस रही थी।

'इसपर तुम्हें बड़ा प्यार आ रहा है ?' मैंने खेल में रस लेते हुए कहा।

'क्यों न आए ?' सुषमा उसे बांहों में झुलाती हुई बोली, 'जब वह जानवर होकर प्यार को समझती और प्यार का जवाब प्यार में देती है तो हम मनुष्य होकर क्यों प्यार न करें।'

सुषमा ने बिल्ली को छाती से लगा लिया और पहले से भी अधिक मस्ती में भरकर गालों को फिर उसकी थूथनी से सहलाया।

'तुम एक चित्र बनाओ, जिसमें पशु और मनुष्य का यह प्यार साकार हो उठे, मूर्त रूप धारण कर ले।' मैंने मुसकराते हुए सुझाव दिया।

'विचार अच्छा है।' सुषमा ने मेरी ओर देखा और तनिक रुककर बोली, 'मैं कोशिश करूंगी।'

पांच-छह दिन बाद उसने एक चित्र मेरे हाथ में थमा दिया, मैं देखकर दंग रह गया।

मैंने अलका के अगले पंजे हाथों में थामकर गोद में बैठा रखा था और बड़ी तन्मयता से उसके साथ बातें कर रहा था, जिन्हें वह कान ऊपर उठाए यों सुन रही थी जैसे बच्चे बड़ों से कहानी सुनते हैं।

सुषमा ने यह दृश्य अपनी आंखों से देखा था और उसे चुपके-चुपके चित्रित कर दिया था।

'तुम्हारे चित्रों की संख्या काफी हो गई है, उनकी एक प्रदर्शनी क्यों न कर दी जाए ?' मैंने चित्र से दृष्टि हटाकर पूछा।

'अगर आप उचित समझें। मुझे बड़ी खुशी होगी।'

सुषमा ने उत्तर दिया और वह कमर लचकाकर फिरकी की तरह घूम गई।

त्रिवेणी में उसके चित्रों की प्रदर्शनी हुई। प्रहलाद ने उसे सफल बनाने में पूरा सहयोग दिया। उसने अखबारों के कला समीक्षकों से सम्पर्क स्थापित किया और प्रदर्शनी दिखाने के लिए उन्हें साथ लेकर आया। सुषमा की यह पहली प्रदर्शनी थी; लेकिन दर्शकों ने इसे सराहा और हिन्दी-अंग्रेजी के दैनिक पत्रों में उसकी जो लम्बी समीक्षाएं छपी, उनसे उसका उत्साह बढ़ा। यही मैं चाहता था।

ब्याह के बाद मैंने भी छह-सात कहानियां लिखीं, जिन्हें मित्रों को सुनाने के लिए अपने यहां गोष्ठियां बुलाई। हिन्दी के प्रमुख पत्र-पत्रिकाओं में छपी और दो कहानियां अंग्रेजी में भी अनुदित हुई। ये और पहले की कहानियां मिलाकर नूतन प्रकाशन से सुन्दर गेट-अप के साथ संग्रह निकलवाया और अपना यह संग्रह भी सुषमा के नाम समर्पित किया। सुषमा, ठीक-ठीक बताओ कि मेरी कहानियों के बारे में तुम्हारी क्या राय है ?' मैंने उसे संग्रह के पन्ने पलटते देखकर पूछा।

'मेरी राय !' वह चौंकी और किताब बन्द करके बोली, 'मैं अपनी राय जब तब बताती रही हूं।'

मतलब यह कि दिलचस्प हैं।' मैंने उसकी ओर ताकते हुए आप ही कहा।

'दिलचस्प ही नहीं उनमें साहित्य और कला के सभी. गुण हैं। सुषमा ने मेरा भाव समझकर उत्तर दिया और बात जारी रखी, मेरे खयाल में संग्रह की सबसे अच्छी कहानी मेंढक है। उसके रह-रहकर टर्राने से जो वातावरण बनता है वह बड़ा ही विचित्र और मार्मिक है। लेकिन वह कहना क्या चाहता है, उसके भीतर कौन-सा दर्द छिपा है, यह बात स्पष्ट नहीं होती।'

'यही इस कहानी की विशेषता है।' मैंने बात बनाई। लेकिन मैं मन-ही-मन कांप उठा।

दिन हफ्तों में, हफ्ते महीनों में और महीने सालों में बदल रहे थे। मैं

सुषमा को हर तरह की सुविधाएं जुटा रहा था ताकि वह सृजन क्रिया में व्यस्त रहे और चित्र अरोहने के अलावा कोई दूसरी बात कम ही सोचे। शायद वह सोचती भी नहीं थी, मेरे और मित्रों के मुख से अपनी कलाकृतियों की प्रशंसा सुनकर सन्तुष्ट रहती थी। लेकिन नानी मां की तो सिर्फ एक ही साध थी और वह एक ही आस मन में लिए जी रही थी। लेकिन जब ब्याह को पूरे तीन साल बीत गए और उसे अपनी यह आस पूरी होती दिखाई न दी तो उसके सब्र का बांध टूट गया। उसने बहू को पंडितों और ज्योतिषियों के पास ले जाना शुरू कर दिया। वे जो अनुष्ठान बताते थे उन्हें बड़ी श्रद्धा और निष्ठा से किया जाता था। पैसे की तो कोई बात नहीं थी; लेकिन उनमें कई बार मेरा शामिल होना भी जरूरी समझा जाता। मैं कुढ़ता, सटपटाता तो सुषमा कहती –'आपका विश्वास नहीं तो न सही। नानी मां मानती हैं उनकी खातिर शामिल हो जाने में क्या हर्ज है ?'

जब पंडितों-ज्योतिषियों से कुछ नहीं बना तो हस्पतालों का चक्र शुरू हुआ। नानी मां जहां भी जाने को कहती सुषमा खुशी से उसके साथ चली जाती, भाव यही होता कि वह नानी मां का मन रख रही है। लेकिन कई बार मुझे लगता कि वह खुद भी भीतर-ही-भीतर बच्चे के लालसा से तड़प रही है। ओखला के पास एक अमेरीकन इंस्टीट्यूट था जिसमें विशेष रूप से स्त्री रोगों का इलाज किया जाता था। बच्चेदानी में कोई त्रुटि हो तो वह दूर की जाती थी। इस बात के कई उदाहरण थे कि जिन औरतों का ब्याह के दस बरस तक कोई बच्चा नहीं हुआ इस अमेरिकन इंस्टीट्यूटी में इलाज कराने के बाद वे भी पुत्रवती हो गई। सुषमा को भी वहां दाखिल कराया गया और आधुनिक यन्त्रों द्वारा भली-भांति जांच हुई। लेकिन जब कोई रोग ही नहीं था तो इलाज क्या होता।

नानी मां बहुत निराश हुई। उसने हम दोनों की तरफ से मुंह फेर लिया और उसे फिर मृत पति की याद सताने लगी।

अश्विनी कुमार अकसर आता रहता था। उनका एक होटल दिल्ली में भी था। लेकिन वह जब भी आता हमारे यहां ठहरता। उसे नानी मां से और नानी मां का उससे विशेष लगाव था। इस बार जब वह आया तो नानी मां

अपनी विपता ले बैठी और आंखों में आंसू भरकर बोली : 'बेटा, कुछ तुम्हीं जतन बनाओ। हम तो सब कुछ करके हार गए। क्या इस घर में हमेशा अंधेरा रहेगा, कभी दीया नहीं जलेगा ?'

'मौसी लि थोड़ा न करो। भगवान पर भरोसा रखो। उसके यहां अंधेरा नहीं, देर भले ही है। तुम्हारे घर में दीया जरूर जलेगा।' उसने नानी मां को सांत्वना दी और चुप हो गया। लेकिन जब वह उठकर इधर-उधर हुई तो वह बस मुझसे बोला, 'दिनेश भैया, उम्र में तुम मुझसे बड़े हो। लेकिन एक बात कहूं अगर तुम अपने को भी दिखा लो तो क्या हर्ज है ?'

'दिखाना तो तब चाहिए जब दिखाने की कोई बात हो। व्यर्थ का भ्रम पाल लेने से तो कोई लाभ नहीं। मैंने उत्तर दिया और तनिक रुककर झेप मिटाने के लिए बोला : 'नानी मां का दुख ठीक है और तुम्हारी चिन्ता भी ठीक है। लेकिन मेरे और सुषमा के बारे में तुम्हीं ने कहा था कि हम दोनों कलाकार हैं और हम दोनों की खूब निभेगी। वह निभ रही है। हम दोनों ने अपने आपको कला के लिए अर्पित कर रखा है...।'

मैं जाने क्या-क्या कहता; लेकिन अश्विनी कुमार की गहरी खामोशी ने मुझे चुप करा दिया। मुझे लगा कि उसने अपनी पारदर्शी दृष्टि से मेरे भीतर का चोर देख लिया है। मैं कितना ही महान् कलाकार बनूं, बड़े से बड़ा दर्शन बघारूं, उसके लिए बकवास है।

मुझसे उसकी ओर देखते न बना, और मैं बहाना करके तुरन्त वहां से उठ आया।

मैंने सूदखोरी का धंधा बन्द करके हीरे-जवाहरात का थोक व्यापार शुरू किया था। इस सिलसिले में मुझे अकसर बम्बई जाना पड़ता था। अब भी सीट बुक थी और मैं दूसरे दिन बम्बई चला गया। मैं पन्द्रह-सोलह दिन वहां रहा और हमेशा की तरह इतमीनान से माल खरीदा। लौटकर आया तो खुद सुषमा से मालूम हुआ कि इस बार अश्विनी कुमार एक हफ्ता रुका। वह अकसर सुषमा को अपने साथ घुमाने-फिराने ले जाता था और उसके कारण सुषमा का मन बहला रहा।

पिछले साल नानी मां और सुषमा मंसूरी गई थीं और मैं नहीं जा सका

था। वे दोनों ही अश्विनी कुमार के पास होटल में महीना-डेढ़-महीना रह आई थीं। मुझे सुषमा पर पूरा विश्वास था। और मैं उसे अपनी कला की तरह पवित्र मानता था। इसलिए किसी प्रकार के सन्देह का सवाल ही पैदा नहीं होता था। फिर जब उसने खुद घुमने-फिरने और मन बहलाने की बात सुनाई तो उसके मुख पर वही मृदु मुसकान तिर आई थी जो मैंने एक बार उसके चित्र की चर्चा करते समय देखी थी और मुद्रा भी वैसी ही निरीह और सरल थी।

लेकिन इसके बाद मैंने देखा कि साहित्य और कला में उसकी दिलचस्पी कम हो गई है। उसका चित्र बनाने का कमरा प्रायः बन्द रहता है। वह नानी मां के साथ मन्दिर जाने लगी है और कथा-कीर्तन में उसकी दिलचस्पी दिन-दिन बढ़ती जा रही है।

फिर अचानक सुना कि वह मेरे बच्चे की मां बनने जा रही है। मां बनने के लक्षण उसके शरीर में होने वाले परिवर्तनों से भी स्पष्ट हो गए थे।

मेरे पांव तले से धरती सरक गई। मैं जिस सुषमा को कला की तरह पवित्र समझता था उसीने मेरे साथ छल किया था। 'मेरे बच्चे की मां' कितना बड़ा झूठ. था। वह जाने किसका बच्चा पेट में लिए घूम रही थी और उसे मेरा बता रही थी।

मैं उसे अपना बच्चा मानने से इनकार भी तो नहीं कर सकता था। जब मैंने खुद उसके साथ छल किया था तो उसके झूठ को झूठ कसे कहता। उसके पेट के बच्चों को अपना बच्चा मानने से इनकार कैसे करता ?

आखिर बच्चा जन्मा। मैंने पहली ही नजर में पहचान लिया कि वह अश्विनी कुमार का दूसरा रूप है। इसमें तनिक भी सन्देह नहीं था। वही नीली-भूरी आंखें और वही तीखी नाक...

देखते ही देखते बच्चे ने बड़ा आकार धारण कर लिया। वह मेरा मुंह चिढ़ा रहा था— 'तुम अपने आपको भी दिखा लो तो क्या हर्ज है ?' उसकी पारदर्शी दृष्टि मेरी देह को छेद रही थी। मुझमें उससे आंख मिलाने का साहस नहीं था।

और दूसरे क्षण वह नानी मां को ढाढ़स दे रहा था : उसके यहां देर है

अंधेर नहीं। तुम्हारे घर में दीया जरूर जलेगा।'

और दिया जल गया था। सुषमा खुश थी, नानी मां खुश थी और मुझे उन दोनों से घृणा हो गई थी। उन दोनों ने मेरे खिलाफ षड्यन्त्र रचा था। मैंने नाना बाप के वंश और सूदखोरी की परम्परा को अपने पर अन्त करने का संकल्प धारण किया था, उसके लिए कष्ट सहा था और कैलाश के शब्दों में अपने पांव पर कुल्हाड़ी मारी थी। इस षड्यन्त्र ने मेरे उस संकल्प को धूल में मिला दिया था।

जिस सुषमा को मैं सरल और निरीह समझता था वह कितनी चलाक निकली। वह अब भी पूर्ववत सरल और निरीह बनी हुई थी। मेरे प्रति उसके व्यवहार में तनिक मात्र भी अन्तर नहीं आया था। उसने मुझे एक क्षण के लिए भी यह आभास नहीं होने दिया कि बच्चा मेरा नहीं है। उसने वह, मुझे धत्ता बताकर, मुझसे विश्वासघात करके, एक पराए पुरुष से लिया है। उसे ग्लानि, क्षोभ और पश्चाताप छू तक नहीं पाया था जैसे अश्विनी कुमार के साथ घूमने-फिरने और बच्चा जनने तक जो कुछ हुआ, वह सब सहज और स्वभाविक था। उसमें छल-कपट झूठ या अनैतिकता कुछ भी नहीं था जैसे वह अब भी आदिम युग में जी रही हो; वैध-अवैध, जायज-नाजायज और तेरे-मेरे की परिभाषा तक से परिचित न हो।

नानी मां से उसकी कैसी संधि बैठ गई थी। दोनों ने मेरी परेशानी, मेरे दुख और क्षोभ पर जरा भी ध्यान नहीं दिया। सब कुछ देखते समझते हुए आंखें मूंद लीं। वे अपनी खुशी का प्रदर्शन करती रही बल्कि अपनी इस खुशी को मुझपर भी थोप दिया। उस बच्चे का जिसका उन्होंने अपने षड्यंत्र द्वारा मुझे जबरदस्ती बाप बना दिया था, जन्मोत्सव किस ठाठ से मनाया। सुषमा कितनी प्रसन्न थी, कितनी सरल और निरीह थी और मुसकरा-मुसकराकर बधाई स्वीकार कर रही थी। उसने कितने सहज भाव से बच्चा मुझे थमाकर कहा था, 'अब आगे तुम ले जाओ।' ढिठाई की हद थी। जैसे फिल्मों में चेहरा किसीका और गाने किसीके, मैं किसीका बच्चा मेहमानों को दिखा रहा था। वे उसे मेरा समझकर बधाई दे रहे थे और मैं मुसकरा रहा था —मुसकराने पर मजबूर था।

मुसकराते-मुसकराते मैं भीतर से कितना टूट चुका था, यह मैं अपने बचपन के दोस्त प्रहलाद को भी नहीं बता सका, किसीको भी न बता सका। उसकी बातों से मन बहलाने का व्यर्थ प्रयास करता रहा। जब वह गया तो मैं पहले से भी ज्यादा टूट चुका था। मेरा अंग-अंग दर्द कर रहा था; देह का कणकण कराह रहा था; लेकिन मेरे दुख-दर्द की किसीको परवाह नही थीं। सुषमा सो रही, नानी मां सो रही थी, नौकर-चाकर और सगे-सम्बन्धी सो रहे थे। वे दिन-भर के थके हुए थे, बहुतसी खुशी मन में समेटकर सोए थे और खूब चैन की नींद आई थी।

लेकिन मेरी आंखों में नींद नहीं थी। मैं लेटे-लेटे करवटें बदल रहा था। कार्निस पर टाईम-पीस रखा था, रात के सन्नाटे में 'टिक-टिक' यानी वक्त के पांव की चाप सुनाई पड़ रही थी। सब सो रहे थे, एक मैं जाग रहा था और करवटें बदल रहा था। मेरे लिए घर, घर नहीं मकबरा था जिसमें मुझे 'मम्मी' बनाकर मेरे सारे दुःख-दर्द के साथ रख दिया गया था।

जब बेचनी और बढ़ी और जब लेटे रहना दूभर हो गया तो मैं हड़बड़ाकर उठा और बत्ती जलाई। कागज और कलम लेकर मेज पर जा बैठा। माथे पर हाथ रखकर कुछ क्षण सोचता रहा और फिर लिखा :

मित्रो, बन्धुओ और देशवासियो ! मेरे होश-हवाश दुरुस्त हैं। मैं सब कुछ सच-सच और पूरी जिम्मेदारी के साथ लिख रहा हूं। मेरे इस अंतिम दस्तावेज में झूठ की जरा भी मिलावट नहीं है। मैं दुःख, क्षोभ और आत्मग्लानि से संतप्त हूं और एक भयंकर सत्य का, बड़े जतन से अपने भीतर छिपाकर रखे एक रहस्य का उद्‌घाटन कर रहा हूं।

'भयंकर सत्य यह है कि जिस बच्चे का कल जन्मोत्सव मनाया गया था वह बच्चा मेरा नहीं है। सुषमा और नानी मां ने किसी और का बच्चा जबरदस्ती मुझपर थोप दिया है। मैंने शादी जरूर की, पर मैं संतान उत्पन्न करने के अयोग्य था। क्यों अयोग्य था ? यहीं वह रहस्य है जिसका मैं उद्‌घाटन करने जा रहा हूं।

'आज से पांच बरस पहले मैंने स्वेच्छा से अपना आपरेशन करवा दिया था। सोचा यह था कि ऐसा करने से नाना बाप का वंश और सूदखोरी की

परम्परा मुझपर समाप्त हो जाएगी और इस परम्परा के मिट जाने से नये समाज का स्वप्न साकार होगा। मानता हूं कि ऐसा सोचना मेरी भूल थी, समझ की कमी थी, स्वप्न यों कैसे साकार होता? समझ की कमी के कारण बहुत से नौजवान जोश में आकर भयंकर भूलें करते हैं, मेरी तरह गलत कदम उठाते रहते हैं। समझ की इस कमी ही के कारण देश का वामपक्षी आंदोलन दिग्भ्रांत हुआ और अब तक दिग्भ्रांत है। बहरहाल मैंने भूल की और जब मुझे अपनी इस भूल का अहसास हुआ तो सब कुछ चौपट हो चुका था और राजनीति के रंगमंच पर नई-पुरानी कांग्रेस का नाटक खेला जा रहा था, जो बहुत बड़ा ढोंग था। मुझे सब ढोंग ही ढोंग दिखाई दिया और अपने भीतर रिक्त का अनुभव हुआ, जो दिन-दिन बढ़ता चला गया। अपने इस रिक्त को भरने के लिए मैंने शादी की, सुषमा को धोखा दिया और उसे अपना यह रहस्य आज तक नहीं बताया। उसने मुझसे धोखा किया और किसी का बच्चा मेरे गले मढ़ दिया। मैंने नाना बाप से प्रतिकार लिया था और सुषमा ने मुझसे प्रतिकार लिया। परिणाम यह कि एक झूठ से दूसरे झूठ का जन्म हुआ।

'नाना बाप को मैं पुराने समाज का, शोषण पर टिकी व्यवस्था का प्रतीक समझता था और उनसे घृणा करता था। अब मैं नानी मां से घृणा करता हूं, जिस सुषमा को कला की तरह पवित्र समझा था, उससे घृणा करता हूं और खुद अपने से घृणा करता हूं। मेरी सारी आस्ताएं मिट चुकी हैं। मैं एक जीवित शव हूं। दुख, क्षोभ और आत्मग्लानि की आग में जल रहा हूं। कब तक जलता रहूं? मुझे हर तरफ झूठ ही झूठ, ढोंग ही ढोंग दिखाई पड़ रहा है। यह जीना जीना नहीं, अपने ही शव को घसीटना है। इसलिए पूरे होश-हवाश में अपनी भूल और अपना झूठ स्वीकारते हुए और यह समझते हुए कि मैं सूदखोरी की परम्परा का अंत नहीं कर सका, अपनी इस जीवनलीला का अंत कर रहा हूं।

मैंने अपनी इस अंतिम दस्तावेज को तिहा कर बड़ी सावधानी से जेब में रख लिया और दिन निकलने के इन्तजार में पलंग पर लेट गया। सोचा था कि सुबह घूमने के बहाने कुतुब पर जाऊंगा। और...और...

लेटते ही नींद आ गई। सुबह आंख खुली तो सामने सुषमा खड़ी थी और वह कोमल, मधुर स्वर में कह रही थी : 'उठोगे नहीं ? बड़ी देर हो गई है।'

उसकी छवि पूर्ववत् सरल और निरीह थी और होंठों पर मृदु मुमकान थी। उसके स्वर और व्यवहार में कुछ भी अंतर नहीं था, जैसे जो कुछ हुआ और हो रहा है, सब सहज और स्वाभाविक है।

मैंने कुतुब जाने का विचार बदल दिया। सोचा कि जब लोग झूठ का जीवन जीने ही में खुश हैं, पेट का खोट मदु मुसकानों में छिपाने की कला सीख गए हैं और जब महाभारतकार व्यास की किसी ने नहीं सुनी, कैलाश की नहीं सुनी तो मेरे लिखे को ही कौन सच मानेगा ? यही कहेंगे ना कि दिमाग खराब था, ऊल-जलू त लिखकर मर गया।

बालिग औरत का फैसला

रीता अपने लम्बे-स्याह बालों में कंघी कर रही है और यादों के आइने में अपना प्रतिबिम्ब देख रही है। जैसे-जैसे अतीत की घटनाएं उसके मस्तिष्क में घूम रही हैं, आइने में उसका प्रतिबिम्ब भी बदल रहा है। सहसा वह अतीत से भविष्य में छलांग लगाती है और उंगली पकड़कर चलने वाली नादान लड़की से समझदार, बालिग औरत बन जाती है। बालिग औरत का यह रूप उसे अत्यन्त आकर्षक जान पड़ता है और उसकी दृष्टि अब इसी पर केन्द्रित है।

इसी समय हरीश कमरे में दाखिल होता है। उसके हाथ में ब्याह का एक कार्ड है, जो थोड़ी देर पहले खुद रीता ने भिजवाया था।

'तुम्हें नर्स वाला किस्सा मालूम है ?' हरीश कार्ड की ओर देखते हुए पूछता है।

'सब मालूम है, रीता धीरे-से, मगर दृढ़ स्वर में उत्तर देती हैं।

'इसके बावजूद...

'हां, इसके बावजूद मैंने शादी का फैसला किया है। मैं बालिग और समझदार हूं और अपना भला-बुरा सोच-समझ सकती हूं।'

हरीश भौंचक्का-सा उसकी ओर देखता रह जाता है। उसे कदाचित् यह आशा नहीं थी कि वह इस ढंग से पेश आएगी। यह वही रीता है, जो कल तक साड़ी का रंग भी उसे दिखाकर पसन्द करती थी। जिस फिल्म की उसके मुंह से तारीफ सुन लेती, उसे बड़े चाव से देखती थी और कोई भी बात हो, उसकी सलाह अवश्य लेती थी। मगर अब उसने स्वेच्छा से ब्याह का

फैसला करके न सिर्फ कार्ड तक बंटवा दिए, बल्कि बात तक करने को तैयार नहीं। पूछने पर यों तन गई, जैसे वह उसका शुभ-चिन्तक और अभिभावक नहीं, कोई शत्रु या विरोधी हो। चेहरे पर विद्र प और विद्रोह अंकित है। हरीश उसकी और देखता है और उसके स्वर की कटुता को महसूस करता है। यह कटुात बड़ी तेजी से सांप के जहर-सरीखी उसके खून मैं घुल जाती है और अंग-अंग दर्द करने लगता है। अभी-अभी एक मिनट पहले हरीश के होंठों पर बुजुर्गी की जो स्नेहसिक्त मुसकराहट थी, वह सहसा विलुप्त हो जाती है और पीड़ा की तीव्रता से चेहरा बिगड़ जाता है, जैसे पेड़ का हरा पत्ता आंच लगने से झुलस जाए।

'अच्छा !' वह धीरे-से कहता है और जिन पैरों आया था, उन्हीं पैरों लौट जाता है।

रीता गरदन उठाए बदस्तूर तनी खड़ी है। घृणा उसके भीतर लावे की तरह खौल रही है और आंखों से चिनगारियां निकल रही हैं।

'पाखण्डी ! ढोंगी।'

हरीश जब नजरों से ओझल हो जाता है, तो रीता पैर धरती पर पटककर जोर से कहती है और फिर होंठ सख्ती से बन्द कर लेती है।

उम्र भर की चुप्पी के बाद आज उसने पहली बार जबान खोली थी और वह बहुत कुछ कहना चाहती थी। मगर हरीश ने कहने का अवसर ही नहीं दिया। वह शायद उसके तेवर भांप गया और चुपचाप कमरे से बाहर चला गया। जाने के बाद ही रीता ने उसे 'ढोंगी' ओर पाखण्डी' कहकर दिल की भडांस निकाली। मगर वह इसके अलावा भी बहुत कुछ कहना चाहती थी ओर हरीश को सुनाकर कहना चाहती थी। इसलिए तनिक रुककर फिर बुदबुदाती है, 'मैं जानती हूं कि तुमने सज्जनता का यह मुखौटा लगा रखा है, तुम्हारी यह मुसकराहट बनावटी है। तुम्हारी आत्मा में जो कपट भरा है, उसे ये उजले कपड़े छिपा नहीं सकते।'

रीता के चेहरे की तनी हुई रगें कुछ ढीली पड़ जाती हैं। उसे अपने भीतर

एक तरह की राहत महसूस होती है। अधिक नहीं कह सकती, तो न सही; कहने सुनने का उद्देश्य हरीश को चिढ़ाना और अपने दिल की खलिश मिटाना ही तो था। वह उद्देश्य पूरा हो गया। हरीश सिर्फ चिढ़ा ही नहीं, जल-भून गया, बिलबिला उठा। 'अच्छा !' केवल शब्द नहीं, उसकी घायल आत्मा से निकली हुई चीख थी।

हरीश रिश्ते में उसका बहनोई है। जब वह बारह-तेरह साल की नादान लड़की थी, तो मरणासन्न बूढ़ी मां ने उसका हाथ हरीश के हाथ में थमाकर बड़े हसरत-भरे स्वर में कहा था, 'लो बेटा, रत्ती का ध्यान रखना। मेरी आत्मा तभी सुखी होगी, जब तुम इसके लिए भी अपने ही जैसा आदर्श वर ढूंढ़ दोगे।'

मां ने अपनी इस बेटी के लिए एक मकान और कुछ नकद रुपया छोड़ा था। रुपया बहुत नहीं था, पर रीता की शिक्षा और ब्याह के लिए काफी था। रीता वाकई पढ़-लिख गई है और बी० ए०, बी० टी० पास करके स्कूल में अध्यापिका है। मगर मां ने जो रुपया छोड़ा था, बड़ी मुद्दत हुई खत्म हो चुका है। बड़ी बहन नीता ने बहुत संकोच से काम लिया। उसे अपने उत्तरदायित्व का ध्यान था और छोटी बहन के पैसे को छूना वह पाप समझती थी। लेकिन घर-गृहस्थी की लाचारियां आदमी को पाप करने पर भी मजबूर कर देती हैं। कभी कोई बीमार पड़ गया, कभी कपड़े सिलवाने हैं और कभी कोई खर्च अचानक आ पड़ा। हर बार सोचा यह जाता था कि रुपया रखेरखे बढ़ता तो नहीं। हम जो अपने लिए ले रहे हैं, उधार ले रहे हैं। दो-चार महीने में किफायत करके लौटा देंगे। मगर किफायत करने और लौटाने की नौबत ही न आती। हमेशा नये-नये खर्च सामने खड़े राह ताकते रहते। हरीश की अपनी आमदनी कभी इतनी न हुई कि गृहस्थी की गाड़ी सहज में चल सके। इसलिए उसे धकेलने और अतृप्त इच्छाएं पूरी करने के लिए रीता के रुपये का सहारा लेना पड़ता। धीरे-धीरे झिझक दूर हो गई और पाप का अहसास भी मिट गया। बहन और बहनोई दोनों ने यह सोचकर दिल को समझा लिया—रीता कौन पराई है कि हम उसके रुपये को पराया समझें? जब वह घर में साथ रहती है, साथ खाती-पीती है, हर वक्त उसे गैर समझते रहना

अच्छा नहीं। बात माकूल थी। रीता भी घर के एक सदस्य की भांति अपने को परिवार में जज्ब कर देना चाहती थी। उसे अपना अलग अस्तित्व बनाए रखना पसन्द नहीं था। इसलिए बहन और बहनोई जब उसके रुपये खर्च करते, तो रीता को दुःख या खेद होने की बजाय उलटे खुशी होती। ये रुपये बी० ए० पास करने से पहले हो समाप्त हो चुके थे। बाकी शिक्षा उसने खुद ट्यूशन पढ़ाकर पूरी की। इससे रीता में आत्मविश्वास और त्याग की भावना भी उत्पन्न हुई और उसका व्यक्तित्व गुलाब के फूल की तरह खिलता और निखरता रहा।

अब उसकी तनख्वाह भी घर में खर्च होती थी। इसका उसे मुतलिक खयाल नहीं था। घर भी तो उसका था। बहन, बहनोई और बच्चे उसे अपना समझते और प्यार करते थे। रीता के लिए यह बात क्या कम महत्त्व की थी। पिछले पांच-छः साल से उसके ब्याह की बात बराबर उठ रही थी और उठकर टल जाती थी। इस सिलसिले में दो-चार घटनाएं ऐसी हुई, जो एक जंजीर की कड़ियां-सी बन गई।

रीता इन्हें भुलाने की बहुत कोशिश करती है, पर भुला नहीं पाती। एक बात याद आती है, तो दूसरी और फिर तीसरी याद आ जाती है और खट से एक-दूसरी की कड़ियां आपस में मिल जाती हैं। एक जंजीर उसके दिमाग में झनझनाने लगती है और उसे बहुत परेशान करती है।

रीता चाहती है कि इन बातों से पीछा छुड़ाए और इस जंजीर को तोड़ फेंके, क्योंकि यह जंजीर उस विश्वास से टकराती है, जो उसे मां से विरासत में मिला है और जिसके कारण वह बहनोई को एक आदर्श मानव ही नहीं, देवता समझकर उसकी पूजा करती आई है।

लेकिन झटके से जंजीर और फैल जाती है। उसकी कड़ियों में से घटनाएं और चेहरे झांकने लगते हैं। ये घटनाएं और चेहरे चंचल बच्चों के सदृश उसके विश्वास की खिल्ली उड़ाते और उसपर कंकड़-रोड़े फेंकते हैं।

इनमें एक चेहरा नरेन्द्र का है—गोरा-चिट्टा, गोल-मटोल। यह चेहरा उसकी यादों को जगमगा देता है। रात के अंधेरे में चारपाई पर लेटे-लेटे वह उसे देखा करती है।

धीरे-धीरे यह चेहरा उसके इतना निकट आ जाता है कि वह उसकी सांस की गरमी महसूस करती है, उसकी आंखों में प्रशंसा की भावना पढ़कर खिल उठती है और हाव-भाव से इठलाकर कहती है, 'तुम जीजाजी से बात क्यो नहीं करते ?'

''अच्छा, ठीक है। मैं बात करूंगा।'

नरेन्द्र को विश्वास है और रीता को भी विश्वास है कि शादी हो जाएगी। जब वे दोनों सहमत हैं, तो हरीश को क्या आपत्ति हो सकती है ! बल्कि वह तो इस प्रस्ताव से खुश होगा, क्योंकि वह नये युग का विचारशील और स्वतन्त्रता-प्रिय व्यक्ति है।

लेकिन परिणाम आशा के विपरीत निकलता है। दूसरी भेंट में रीता नरेन्द्र से पूछती है, 'सुनाओ, जीजाजी से बात हुई ?'

'क्या बताऊं?' नरेन्द्र विक्षिप्त स्वर में उत्तर देता है और उसका मुंह लटक जाता है।

फिर भी?

'तुम्हें मालूम है कि मैं कभी-कभी मित्रों के साथ बैठकर शराब भी पीता हूं ?'

'हां, मालूम है !'

'वह कहते हैं कि मुझे उनका रिश्तेदार बनने के लिए यह आदत छोड़नी होगी। लेकिन मैं कोई वादा करने और कोई शर्त मानने को तैयार नहीं।' नरेन्द्र का स्वाभिमान आहत होता है और खून जोश मारता है, पर वह स्वर को संयत करके कहता है, 'वैसे आदमी भले हैं, पर मुझे उनकी बातों से कदामत की बू आती है।

रीता के मस्तिष्क पर मां के अन्तिम शब्द अंकित थे। वह हरीश की रजामन्दी के बिना कोई फैसला नहीं कर सकती थी।

नरेन्द्र दूर हटता चला गया।

दूसरा चेहरा कुलदीप का है, जो नरेन्द्र की तरह गोराचिट्टा नहीं सांवला और किसी कदर लम्बूतरा है। पर उससे अधिक गम्भीर और आंखों में प्रतिभा की झलक है।

उससे शादी की बात काफी आगे बढ़ जाती है। हरीश खुद भी उसमें काफी दिलचस्पी ले रहा है। रीतां की उपस्थिति में उसका जिक्र छेड़कर अपनी बीवी से कहता है, 'कुलदीप मेरी तरह सिगरेट तक नहीं पीता। बहुत ही भला और शरीफ आदमी

'तो फिर अब अड़चन क्या है ?'

'अड़चन कुछ नहीं। फिर भी देखने की बहुत-सी बातें होती हैं। जब रीता के लिए वर ढंढना हमारी जिम्मेदारी है, तो हम इसे अच्छी तरह निबाहेंगे। ऐसे-वैसे लड़कों की तो कुछ कमी नहीं।'

बात अपने तक ही सीमित नहीं रहती। पास-पड़ोस में फैल जाती है, क्योंकि कुलदीप का आना-जाना बराबर छह महीने तक जारी रहता है। हरीश रीता और बच्चों से इतना हिलमिल जाता है कि रीता ही की तरह अपने को परिवार का एक व्यक्ति समझने लगता है।

फिर आना-जाना सहसा कम हो जाता है। कारण शायद यह रहा हो कि उसे कृषि विभाग में सम्पादक की जो नौकरी मिली थी, वह अस्थायी सिद्ध होती है, जैसा कि हरीश का खयाल था। रीता खुद कमाती थी। नौकरी की बात ब्याह में बाधा बेनेगी, इसकी उसे आशा नहीं थी। पर जब कुलदीप को कुरेदती है, तो वह गम्भीर होकर कहता है, 'तुम्हारे जीजाजी बड़े दूरदर्शी हैं। सोचते हैं कि अगर मैंने बेकारी की हालत में एक बरोजगार लड़की से शादी कर ली, तो बेकार रहना मेरी आदत बन जाएगा और बेकार जिन्दगी का घुन है।'

'मगर आपने कुछ नहीं कहा ?'

'मैं क्या कहता? लोगों को देखने-परखने का उनका अपना पैमाना है।'

और कुलदीप भी दूर हटता चला गया।

इसके बाद दो-ढाई साल और गुजर जाते हैं। नीता को चौथे बच्चे की मां बनना था। पर सहसा ऐसी कोई तकलीफ हो जाती है कि पेट का ऑपरेशन कराना पड़ता है। ज्यों-त्यों करके जान तो बच जाती है, पर उसका स्वास्थ्य हमेशा के लिए बिगड़ जाता है।

स्कूल से लौटने के बाद रीता के पास जो समय होता है, वह बहन की तीमारदारी और बच्चो की देखभाल में लगा देती है। तनखाह जो वह लाती

थी पहले ही घर में खर्च होती थी। अपने लिए कोई अच्छी दिल-पसन्द साड़ी भी उसने कभी नहीं खरीदी। इस बात का उसे तनिक भी खेद नहीं। पर अब बीमारी के कारण खर्च यकायक बढ़ गया है। हरीश भी पहले से कहीं अधिक मेहनत करता है, पर उसकी आमदनी में पूरा नहीं पड़ता। बहन और बहनोई उंगलियों पर दिन गिना करते हैं कि रीता कब तनखाह लाए और कब अमुक बिल अदा हो और जरूरत की अमुक चीज खरीदी जाए।

बीमारी के अलावा बच्चे भी अब बड़े हो गए हैं, खर्च इसलिए भी बढ़ गया है और रीता का उनको बड़ा सहारा है। खुद रीता को भी उनका बड़ा सहारा है और वह हर तरह सन्तुष्ट है।

लेकिन यकायक एक ऐसी घटना घटती है, जो उसके अस्तित्व को झकझोर देती है, सारे सुख-सन्तोष को नष्ट कर देती है और जो पिछली भूली-बिसरी घटनाओं से जुड़कर जंजीर का रूप धारण कर लेती है। यह जंजीर उसके मस्तिष्क में झनझनाती रहती है और बेहद परेशान करती है।

सुबह नौ-सवा नौ बजे का वक्त था। वह, नीता और हरीश बैठे नाश्ता कर रहे थे। रीता के जन्मदिन की खुशी में एक मीठी प्लेट खासतौर पर तैयार की गई थी।

'बधाई !' हरीश ने फिरनी का चम्मच मुंह में डालते हुए कहा और फिर पूछा, 'यह कौन-सा जन्म-दिन है ?'

'सत्ताइसवां !'

"अरे, तुम इतनी बड़ी हो गईं ! हमें तो मालूम ही नहीं था.!'

'डॉक्टर चोपड़ा की दोनों लड़कियां कुंआरी हैं और शायद अब कुंआरी ही रहेंगी।' नीता मुंह का ग्रास हलक से उतारकर सहसा बोल उठी।

डॉक्टर चोपड़ा का इस बस्ती में अपना मकान था। उनकी दो लड़कियां एम० ए०, बी०टी० थीं और अपने-अपने स्कूल में मुख्य अध्यापिकाएं थीं।

एक शायद पैंतीस बरस की और दूसरी अड़तीस बरस की।

और क्या ! अब तो शादी की उम्र ही गुजर गई।' हरीश ने बात आगे बढ़ाई और मुसकरा-मुसकराकर दार्शनिक ढंग से कहा, 'शादी का जो महत्त्व पुराने समाज में था, इस नये समाज में नहीं है। आजकल की औरत शादी पर आजादी को तरजीह देती है। वह अपने चलन से साबित कर देना चाहती है कि अगर बारोजगार मर्द कंवारा रह सकता है तो वह भी रह सकती है। आधुनिक नारी के चरित्र का यह भी एक पहलू है।'

वह मुसकरा रहा है और रीता की ओर कनखियों से देख रहा है जैसे यह बहनोई की साली से निरीह दिल्लगी हो। हंसी और मजाक के अलावा इसका उद्देश्य कुछ और न हो।

लेकिन रीता के हाथ से चम्मच छूट जाता है। बहन और बहनोई की यह गुफ्तगू उसे सोची-समझी साजिश जान पड़ती है। इसका अर्थ यह है कि वह उनके घर की गोली बनी रहे और वे उसकी तनखाह पर ऐश करें।

यह घटना याद आते ही हरीश के दाएं-बाएं दो चेहरे उभर आते हैं। इन चेहरों के दरम्यान रीता का चेहरा अत्यन्त विरूप और भद्दा जान पड़ता है।

'मुझे इस मुसकराहट में दकियानूसियत की बू आती है।'

'मुझे इस आदमी से नफरत है।'

वे बारी-बारी कह रहे हैं और रीता के विश्वास को आहत कर रहे हैं। आर भी बहुत-सी छोटी-छोटी बातें हैं जो इधरउधर से लपककर दुःख, क्षोभ और संदेह में वृद्धि करती है और जलती पर तेल का काम देती हैं।

'रीता तो ब्याह के सपने-सपने देखती-ही-देखती बूढ़ी हो जाएगी।' स्वदेश जिसका ब्याह हाल ही में हुआ है, उपहास में कहती है।

सब अध्यापिकाएं खिलखिलाकर हंसती हैं और रीता को भी हंसी में उनका साथ देना पड़ता है। पर स्वदेश की बात उसके दिल को छु जाती है।

उस दिन घर लौटकर आइना देखा तो रीता को वाकई बांछों के निकट झुर्रियों से चिह्न दिखाई दिए और मन में तुरंत विचार आया कि अगले महीने 17 नवम्बर को उसका जन्मदिन है, जब छब्बीस बरस पूरे होकर सत्ताइसवां शुरू होगा।

और 17 नवम्बर को यह घटना घटित हुई। हरीश उसकी ओर कनखियों से देखकर कह रहा था—'शादी की भी एक उम्र होती है। उसके बाद शादी करने में कोई मजा नहीं आता।' फिर डॉक्टर चोपड़ा की लड़कियों का उदाहरण और इस उदाररण के पीछे किए षड्यन्त्र को भांपकर रीता आपे से बाहर हो गई और आत्मा में विद्रोह की आग भड़क उठी।

ब्याह न करना दूसरी बात है, पर ब्याह के सपने देखतेदेखते बूढ़ी हो जाना भयंकर ट्रेजडी है।

और अब तक शादी न होने का कारण वह बहन और बहनोई को समझती है। इसलिए अपनी मर्जी से शादी तय करके कार्ड बंटवा दिए हैं।

जिस व्यक्ति से शादी हुई है, उसे बहन भी जानती है और बहनोई भी जानता है क्योंकि प्रोफेसर योगध्यान कहीं दूर नहीं, दूसरे ही मोहल्ले में रहता है। मनमौजी आदमी है और उम्र चालीस के करीब है। कई साल तक अस्पताल की एक नर्स से उसका प्रेम-व्यवहार चलता रहा। जो लोग उसे जानते थे, वे इस प्रेम सम्बन्ध से भी परिचित थे और उन्हें यह भी मालूम था कि योगध्यान शादी करके अपनी इस प्रेमिका से बेवफाई नहीं करना चाहता, लेकिन दो बरस पहले खुद नर्स ने एक फौजी अफसर से शादी कर ली और यह प्रेम सम्बन्ध टूट गया।

प्रोफेसर योगध्यान भी शादी करना चाहता है। पर अपने विगत प्रेम सम्बन्ध के कारण वह हरीश की दृष्टि में एक आदर्श वर नहीं है। रीता को अपनी यह राय बताकर ऊंच-नीच सुझां देना वह अपना कर्तव्य समझता है और उसकी यह कर्तव्य-पालना सोलह आने ईमानदारी पर निर्धारित है।

पर रीता उसकी बात तक सुनने को तैयार नहीं। उसे बहनोई की नियत पर शक है और यहीं बदगुमानी एक घटना की कड़ियां दूसरी घटनाओं से जोड़ देती है।

डकार

मधसूदन से यह मेरी तीसरी या चौथी मुलाकात थी और उसके बारे में मेरी जो धारणाएं थीं, वे धीरे-धीरे गलत सिद्ध होती चली जा रही थीं। सूरत-शक्ल से मैंने जो उसे समझ लिया था, अभ्यन्तर में वह उससे एकदम भिन्न था।

मैंने उसे पहले-पहल तलवार के होटल में देखा था। शाम को जिस समय मैं भोजन करने वहां जाता, वह भी हमेशा ठीक उसी समय आता था। मोटे शीशों की ऐनक, तीखी नाक, गंभीर और शांत मुख मुद्रा। होटल में तरह-तरह के लोग आते हैं, तरह-तरह की बातें होती हैं, सब आपस में बोलते-बतलाते हैं और मेल-जोल बढ़ाते हैं। लेकिन मधुसूदन को इन लोगों से कोई सरोकार न था और उनकी बातों में जरा भी दिलचस्पी नहीं थी। वह चुपचाप आता और भोजन करके चुपचाप लौट जाता था। वातावरण से अलग अथवा ऊपर-ही-ऊपर रहने की कोई सतर्क चेष्टा भी उसके आचरण से व्यक्त नहीं होती थी। वह सौम्य भाव और सहज गति से आता और चला जाता था।

उसके इस सौम्य भाव और सहजगति ने मेरा ध्यान उसकी ओर आकर्षित किया और मेरा मन उससे बात करने का अवसर खोजने लगा। जिस पानी की थाह मालूम न हों, मनुष्य स्वभावतः उसी में पैठना चाहता है।

एक दिन मधुसूदन इत्तफाक से पांच-सात मिनट देर से आया और इत्तफाक ही से उसी मेज पर आ बैठा, जिसपर मैं बैठा भोजन कर रहा था और फिर आमने-सामने होने से हमारी आंखें भी चार हो गई।

'आप हमेशा होटल ही पर खाना खाते हैं ?' मैंने बात चलाने के उद्देश्य से पूछा।

'नहीं', उसने उत्तर दिया और फिर कहा, 'पत्नी कोई एक माह से बच्चे को साथ लेकर मेरी माताजी के पास कानपुर चली गई है, तबसे यहीं खा रहा हूं।'

इसका मतलब है कि हम दोनों गृहस्थ व्यक्ति एक ही नाव पर सवार हैं, क्योंकि मेरी पत्नी भी मुझे होटल को सौंपकर मायके चली गई है।'

मैं मुसकराया और मधुसूदन भी मुसकराया।

यों बातचीत शुरू हुई। पता चला कि मधुसूदन एक बड़े प्रकाशक के यहां काम करता है, पांच-छह सौ रुपये महीना तनख्वाह पाता है, ढेरों पुस्तकें अनुवाद की हैं, पढ़ने-लिखने का शौक है और डाकखाने के पीछे, केदारनाथ चोपड़ा के मकान में उसकी रिहायश है। जब मधुसूदन को यह मालूम हुआ कि मैं भी एक लेखक हूं और मेरा मकान केदारनाथ चोपड़ा के मकान से दूर नहीं है, तो वह चौंका और बोला, 'आपका नाम तो जानाबूझा है। मैंने आपके लेख और कहानियां पढ़ी हैं। लेकिन कैसी अजीब बात है कि आज से पहले आपसे मुलाकात नहीं हुई, हालांकि पिछले पांच साल से मैं इसी बस्ती में रहता हूं।'

'इत्तफाक की बात है' मैंने उत्तर दिया।

'अब तो मिलते रहेंगे न ?'

'बेशक मिलते रहेंगे।'

उसने मुझे अगले दिन अपने घर पर निमंत्रित किया और मेरा हाथ थामकर कहा, 'जरूर आइएगा। इस बस्ती में तो कोई ऐसा आदमी ही नहीं मिलता, जिससे दो घड़ी इत्मीनान से बात ही कर ली जाए।

अगले दिन इतवार था। मैं मधुसूदन से मिलने गया। उसके पास एक ही कमरा था। लेकिन काफी खुला था। रेकों में और अलमारियों में किताबें-ही-किताबें दिखाई दे रही थीं। कमरा क्या था, अच्छा-खासा पुस्तकालय था। कुछ पत्र-पत्रिकाएं और किताबें चारपाई पर भी बिखरी हुई थीं और मधुसूदन उनमें गर्क था।

'क्या पढ़ा जा रहा है ?' मैंने पूछा।

'कामू का लेख-संग्रह है।' उसने पुस्तक मेरी ओर बढ़ा दी और कहा, 'कामू का नाम तो आपने भी जरूर सुना होगा, 'नोबल प्राइज' विनर है।'

'नाम ही नहीं सुना, पढ़ा भी है। मगर मुझे यह मालूम नहीं था कि उसने लेख भी लिखे हैं!'

'लेख भी खूब लिखे हैं। कामू एक महान साहित्यकार ही नहीं एक महान दार्शनिक भी था। मैं समझता हूं कि जिसने कामू के लेख नहीं पढ़े, उसने उसका कुछ नहीं पढ़ा और वह इस महान लेखक और महान चिंतक के बारे में कुछ नहीं जानता।' उसने यों ही पुस्तक के पन्ने उलटे-पलटे और आगे कहा, 'लिखते तो दरअसल विदेशी लेखक हैं। जिस विषय में हाथ डालते हैं, उसे पराकाष्ठा तक पहुंचा देते हैं। हम भारतीय लेखक तो उनके पांव की धूल भी नहीं!'

'दुरुस्त फरमाया।' मैंने समर्थन किया।

'मैंने योजना स्थिर की है कि एक-एक करके तमाम नोबलप्राइज-विनर लेखकों को पढ़ूंगा—दो साल, चार साल, पांच दस साल, चाहे जितना भी समय इसमें लगे।'

'बड़ी हिम्मत का काम है।'

'लगन हो, तो हिम्मत भी हो ही जाती है।' मधुसूदन मुसकराया और जरा तनकर बोला, 'अगर मेरी यह योजना सफल हो जाए तो दिल को यह ढाढ़स तो होगा कि मैंने वाकई में कोई काम किया है।'

'अब तक कौन-कौन से लेखक पढ़ लिए हैं?'

'अभी तो सिर्फ टैगोर को पढ़ा है और अब यह कामू...।'

'टैगोर के बारे में आपकी क्या राय है?'

'मेरी राय! साहब मेरी राय वही है, जो होनी चाहिए। टैगोर एक महान प्रतिभा था, जन्मजात लेखक था। नोबल प्राइज उसे मिलना ही चाहिए था। टैगोर पर हम भारतीय जितना गर्व करें, उतना थोड़ा है। मैंने उनकी तमाम चीजें पढ़ ली हैं, तब यह बात कह रहा हूं। कविता, कहानी, उपन्यास, नाटक—जो चीजें लिखीं, लाजवाब लिखीं। आपको शायद यह बात मालूम न हो कि टैगोर कवि और लेखक के अलावा एक महान चित्रकार भी थे। उनके बनाए हुए चित्र...'

'आऽऽ। ऽऽ ऽ ऽ...'

पड़ोस से कुछ अजीब-सी आवाज आई और तीन-चार बार बराबर आई। मैं चौंका और मधुसूदन की बात का सिलसिला टूट गया।

'यह क्या है ?' मैंने पूछा।

'हमारा पड़ोसी शिवनंदन डकार रहा है।' मधुसूदन ने उत्तर दिया।

'डकार रहा है! इतने जोर से ?'

'साहब कुछ न पूछिए, इस आदमी के मारे मेरा तो नाक में दम है। अभी तो आपने इसका डकारना सुना है। अगर कहीं देख लें, तो हैरान रह जाएं। मैं तो उसे भैंसा कहता हूं।'

और मधुसूदन ने शिवनंदन का चित्र खींचते हुए बताया कि वह मोटे शरीर और मोटी अक्ल का आदमी केन्द्रीय सरकार के खाद्य विभाग में क्लर्क है। वह सुबह उठकर एक मर्तबा मंदिर में देवता को पानी चढ़ाने जरूर जाता है, वरना घर से दफ्तर और दफ्तर से लौटकर हर वक्त घर पर रहता है। खूब डटकर खाता है और फिर दिन भर डकारता है, अथवा चारपाई पर लेटे-लेटे टांगें दीवार के सहारे ऊपर करके जासूसी उपन्यास पढ़ता है।

शिवनंदन की खट्टी डकार एक बार फिर सुनाई पड़ी।

'आपको यह सब बुरा नहीं लगता ?' मैंने सहानुभूति के स्वर में पूछा।

'लगता है, साहब! लेकिन क्या करें, आदी हो गए हैं। हमारा अनुभव तो यह है कि सब जगह ऐसे ही लोग भरे पड़े हैं। जहां आओ, इन्हीं के दरम्यान रहना होगा। और एक शहीद सुलभ दार्शनिक मुसकान मधुसूदन के होंठों पर प्रकट हुई।

मैं इस पहले ही दिन वहां डेढ़-दो घंटे ठहरा। हम दोनों ने एक साथ चाय पी और मधुसूदन ने मुझे बताया कि वह खुद भी एक उपन्यास लिख रहा है, जिसपर पूरे बीस साल खर्च होंगे, क्योंकि उसका विश्वास है कि व्यर्थ की बहुत-सी चीजें लिखने की बजाए बीस साल अर्पित करके एक ही, शाहकार की रचना करना कहीं बेहतर है।

हम उठकर बाहर आए, तो बरामदे में शिवनंदन से टकरा गए। स्थूलकाय,

छोटा-सा खरबूजा जैसा सिर, भीतर को धंसा तंग माथा, फूले हुए गाल और गोल-मटोल, खुरदरा चेहरा। मधुसूदन ने जैसा बताया था, शिवनंदन ठीक वैसा ही था।

इसके बाद जब दूसरी मुलाकात हुई, तो उस दिन अखबार में 'साहित्य में सनकीपन' शीर्षक का मेरा एक लेख छपा था, जिसमें मैंने दुनिया के भयंकरतम सनकी नीत्शे का उल्लेख किया था और उसका एक उद्धरण भी दिया था।

मधुसूदन ने पहले इस लेख का जिक्र किया और फिर पूछा, 'आप मुझे नीत्शे की कुछ किताबों के नाम बता सकते हैं ?'

'नाम ? मुझे तो मालूम नहीं।' मैंने उत्तर दिया।

'किताबें तो उसने बहुत लिखी हैं ?'

'हां, काफी लिखी हैं। दस-बारह तो होंगी ही।'

'मैं ये सब किताबें पढ़ना चाहता हूं। नीत्शे भी अपनी किस्म का एक ही आदमी था और बहुत बड़ा दार्शनिक था। हम लोगों का नुक्स यह है कि किसी आदमी को जानने के लिए उसकी सब चीजें नहीं पढ़ते और अपने अधरे ज्ञान ही से सन्तुष्ट रहते हैं। मैं चाहता हूं कि पहले नीत्शे की सब पुस्तकें पढ़ू और फिर उसपर एक ऐसा लेख लिखूं कि दुनिया चौंक उठे और उसकी प्रतिभा को स्वीकार करे।'

उसी समय पड़ोस से शिवनंदन के डकारने की आवाज सुनाई पड़ी और मधुसूदन की बात का सिलसिला टूट गया।

'यह कम्बख्त इतवार को भी कहीं घूमने नहीं जाता। सारा-सारा दिन यहीं पड़ा डकारता रहता है।' मधुसूदन ने शिकायत के अंदाज में कहा।

'आप भी तो कहीं नहीं जाते।' मैंने चुटकी ली।

'मेरी बात दूसरी है। मैं एक भी क्षण व्यर्थ खोना नहीं चाहता। मेरी जिन्दगी का एक मिशन है और वह मिशन है-पढ़ना, पढ़ना। पढ़ना और अपने ज्ञान में वृद्धि करना। रात को बारह-बारह, एक-एक बजे तक जागकर मैंने पहले टैगोर को खत्म किया, फिर कामू को पूरा पढ़ा और अब पर्ल बक को शुरू किया है...।'

'हां, साहब आपकी तो यह बहुत लम्बी योजना है, फिर आप नीत्शे को

कैसे पढ़ेंगे ?'

'लगन हो तो सब पढ़ा जा सकता है, कुछ भी मुश्किल नहीं।' मधुसूदन ने उत्तर दिया और फिर अपने मंतव्य की व्याख्या करते हुए कहा, 'दरअसल पढ़ना भी अपने में एक कला है और मैंने इस कला को भली-भांति समझ लिया है। देखिए साहब, मेरा पढ़ने का ढंग यह है कि जब मैं एक लेखक की एक ही पुस्तक पढ़ते-पढ़ते ऊब जाता हूं, तो उसे छोड़कर किसी दूसरे लेखक की रचना पढ़ना शुरू कर देता हूं। इससे मूड बदल जाता है और आत्मा में एक प्रकार की गुदगुदी-सी...।'

पड़ोस से फिर शिवनंदन की खट्टी डकार सुनाई पड़ी। इस बार वह बड़े जोर-जोर से डकार रहा था। मैं चौंका।

मधुसूदन विद्रूप भाव से मुसकराया और बोला, 'आप इस ओर ध्यान ही मत दीजिए। मैं बिलकुल ध्यान नहीं देता। अपने पढ़ने में मस्त रहता हूं और अकसर इतना आत्मविभोर हो जाता हूं कि दुनिया में जो चाहे होता है, मेरी बला से ! मेरे नजदीक अगर बम भी फटे, तो शायद मैं उसे भी न सुन पाऊं।'

मधुसूदन मुसकराया और मैं भी मुसकराया। लेकिन हम दोनों के मुसकराने का अंदाज अलग-अलग था।

'भाभी कब आ रही हैं ?' मैंने बातचीत का रुख बदलने के लिए पूछा।

'बच्ची साथ है। मैं लेने जाऊंगा तब आएगी।"

'एक ही बच्ची है ?'

'हां, एक ही बच्ची है। उम्र कोई डेढ़-एक साल होगी। लेकिन उसे बहुत ही समझदार होना चाहिए। न हुई, तो हमें इस बात का बड़ा दुःख होगा आखिर...।'

उस तरफ शिवनंदन ने जोर-जोर से डकारना शुरू किया। उसकी खट्टी डकारों से मैं इस कदर परेशान हुआ कि जब वहां से चला, तो उन्हीं की प्रतिध्वनि सुनाई पड़ रही थी और एहसास में एक घृणास्पद दुर्गंध-सी रच-बस गई थी।

हमारी तीसरी मुलाकात काफी दिनों बाद हुई। घर का वातावरण बदला हुआ था। कमरा अब पुस्तकालय दिखाई नहीं पड़ता था। पत्नी और बच्ची

को मधुसूदन कानपुर से लिवा लाया था और हर चीज करीने से रखी हुई थी। मैं पहुंचा, तो पति-पत्नी दोनों ने मेरा स्वागत किया। मैं मन-ही-मन में प्रसन्न हुआ। शायद इसलिए कि अब बातचीत का विषय बदलने में मधुसूदन की पत्नी और बच्ची से भी सहायता मिलेगी।

उन दिनों डी०टी० यू० बस के कर्मचारियों ने अपनी तनख्वाह और मंहगाई-भत्ते बढ़वाने के लिए नोटिस दे रखा था। मांगें स्वीकार न होने की सूरत में एक-दो दिन में हड़ताल होने वाली थी और अखबारों में इस बात की चर्चा चल रही थी।

'देखिए साहब, अब बसों की हड़ताल भी हमारे लिए मुसीबत बन जाएगी।" मधुसूदन ने शिकायत के स्वर में कहा।

'यह तो बनेगी ही, क्योंकि कोई समझौता होता नजर नहीं आता।"

'समझौता साहब कैसे होगा ! जब लीडर लोग अपनी लीडरी चमकाने के लिए वर्करों को उकसाते हैं। वैसे मेरा खयाल है और मैं कभी गलत नहीं सोचता, मेरी इस बात से आप भी सहमत होंगे कि डी० टी० य० के बस कंडक्टर को जितनी तनख्वाह मिलती है, उतना या उससे ज्यादा पैसा वह ऊपर से बनाता है। फिर बताइए साहब, तनख्वाह या मंहगाई भत्ता बढ़ाने का क्या मतलब ? और पब्लिक उनसे क्या हमदर्दी करे जबकि खुद उन्हें पब्लिक का जरा खयाल नहीं। आपको दफ्तर जाने में देर हो रही हो और आप जरा फासले पर हों, उन्हें एक मिनट बस रोकने के लिए कहिए, पीछे दौडिए, वे बिलकुल बस नहीं रोकेंगे। फिर बताइए साहब, ऐसे लोगों के साथ पब्लिक कैसे हमदर्दी करेगी ?'

'बिलकुल हमदर्दी नहीं करनी चाहिए।' मैंने कहा।

'आप शायद हंस रहे हैं। मैं मजाक नहीं कर रहा। इस समस्या पर मैंने बहुत सोचा है और मैं अपने विचार बड़ी गंभीरता से आपके सामने रखना चाहता हूं। आप यह भी मत समझिएगा कि मैं चूंकि छह सौ रुपये महीना पाता हूं, इसलिए मजदूरों और वर्करों के खिलाफ हूं। मैं उनके बिलकुल खिलाफ नहीं, क्योंकि मैंने खुद निहायत गरीबी में दिन बिताए हैं।'

'अच्छा ?'

‘जी हां, घोर गरीबी में। मेरी आज की हालत देखकर शायद आपको विश्वास न आए। वरना जब मैं बच्चा था और स्कूल में पढ़ता था, तो मेरे पिताजी प्रेस में काम करते थे। उन्हें साठ-सत्तर रुपये महीना तनख्वाह मिलती थी। मां बीमार रहती थी, गुजारा बड़ी मुश्किल से चलता था। मैं अपनी पढ़ाई का खर्च पूरा करने के लिए कभी घूम-फिरकर बिस्कुट बेचता था और कभी कोई ट्यूशन पढ़ाता था। आपको एक दफा की बात सुनाऊं, काफी दिलचस्प है।’

वह रुका, शायद इसीलिए कि उसकी पत्नी सुमन, जो किचन में चाय तैयार कर रही थी, कोई चीज लेने कमरे में आई थी।

‘हां बताइए ?’ सुमन के लौट जाने पर मैंने कहा।

‘बात यों है कि मैंने एक बार एक बड़ी-बड़ी मूंछों वाले एक ऐसे आदमी के लड़के को ट्यूशन पढ़ाना शुरू किया, जो अफीम का नाजायज धंधा करता था। जब कोई ग्राहक आता, तो वह उससे पैसा वसूल करता और अपनी धोती की अंटी से एक पुड़िया निकालकर चुपके से उसे थमा देता। मैं नीचे आंगन में बैठा यह सब देखता और उसके बेटे को पढ़ाता था। जब मैं पढ़ाकर चलने लगता, तो वह कम्बख्त ऊपर छत पर खड़े-खड़े ही लोहे की सलाखों में से एक दुवन्नी नीचे फर्श पर फेंक देता। यही मेरी फीस थी, मैं चुपचाप उठाकर चलता, लेकिन साहब, दिल को बड़ा दुःख महसूस होता।’

‘बड़ा नीच था वह व्यक्ति।’ मैंने हमदर्दी जताई।

लेकिन मधुसूदन ने मेरी बात सुनी-अनसूनी करके अपनी बात जारी रखी, ‘साहब, कहने का मतलब यह है कि मैंने गरीबी के दिन भी देखे हैं और खूब देखे हैं। इसलिए मेरे दिल में गरीबों के लिए सहानुभूति की.भावना का होना स्वाभाविक है और हर एक माकूल आदमी के दिल में यह भावना होनी ही चाहिए। लेकिन साहब, सोचने की बात यह है कि मैंने मेहनत की और अपनी योग्यता बढ़ाई, तो आज मैं छह सौ रुपये महीना पा रहा हूं। आदमी मेहनत ही से बड़ा बनता है, देश भी मेहनत ही से तरक्की करेगा। तोड़-फोड़, बेइमानी और हड़तालों से नहीं। मेहनत दुनिया में कभी-कभी व्यर्थ नहीं जाती,

हर एक आदमी का फर्ज है कि वह जी-जान से मेहनत... ।'

और पड़ोस में शिवनंदन ने जोर-जोर से डकारना शुरू किया। शायद मधुसूदन, जैसे कि उसकी आदत बन चुकी है, इन डकारों की अपेक्षा करके अपनी बात जारी रखता लेकिन उसी समय सुमन भाभी चाय की ट्रे उठाए भीतर आईं। चाय पुरतकल्लुफ थी, क्योंकि सुमन ने कुछ मीठा और कुछ नमकीन अपने हाथ से तैयार किया था।

'भाभी, आप भी कुछ पढ़ती रहती हैं या यह काम सिर्फ इन्हीं को सौंप रखा हैं ?' मैं सुमन से मुखातिब हुआ।

'घर के धंधे से फुरसत मिले, तो मैं भी पढ़ लेती हूं।' उसने चाय बनाते-बनाते उत्तर दिया।

'गुस्ताखी न समझा जाए तो क्या मैं आपकी शिक्षा के बारे में पूछ सकता हूं ?'

'साहब, इसमें गुस्ताखी की क्या बात है। आप शौक से पूछिए, मैं बताता हूं। मधुसूदन ने बड़े गर्व से कहा और फिर बताया, 'आपने हिन्दी में एम० ए० किया है। कुछ कहानियां भी लिखी हैं, जो पत्र-पत्रिकाओं में छप चुकी हैं। शायद आपकी नजर से न गुजरी हों, लेकिन आप उन्हें पढ़ें, तो देखेंगे कि बड़ी अच्छी पकड़ है इनकी। लेकिन उधर लिखना कुछ बंद-सा कर दिया है। मैं बहुत कहता हूं कि लिखना जारी रखो क्योंकि प्रतिभा अभ्यास से बढ़ती है...'

शिवनंदन ने फिर डकारना शुरू किया और सचमुच भैसे की तरह भयानक ढंग से।

'भाभी, आपको यह सब बुरा नहीं लगता है ?' मैंने सुमन से पूछा।

'क्यों नहीं लगता ? बहुत बुरा लगता है। बड़ा बदतमीज आदमी है। मैंने इनसे कई बार कहा कि मकान बदल लो। मगर यह सुनते ही नहीं। कहते हैं कि कौन बदलने-सदलने का झंझट मोल ले। सब जगह ऐसा ही है। अपना आराम से पड़े हैं।' सुमन बोली।

सुमन ने गले में हलकी-सी जंजीर पहन रखी थी और माथे पर बिंदी थी। वह गोरे रंग और मंझोले कद की सुंदर महिला थी। बोलती थी तो ठोड़ी के नीचे

सुंदर चिबुक बनता था। उनकी बच्ची शो-शो भी बिलकुल मां पर पड़ी थी। मैंने उसे गोद में बिठा लिया और फिर जितनी देर मैं वहां ठहरा, उसे खेलाता-बहलाता और किसी न किसी अंदाज में उसकी तारीफ करता रहा। इस बात में मधुसूदन ने भी खास दिलचस्पी दिखाई और मुझे कुछ ऐसी बातें बताईं जिनसे बच्ची की असाधारण प्रतिभा का परिचय मिलता था।

लेकिन जब मैं वहां से चला तो इस नन्हीं फूल-सी बच्ची के चेहरे और तोतली भाषा की बजाय खट्टी डकारों की दुर्गन्ध ही एहसास में बसी हुई थी और मैं सोच रहा था कि मधुसूदन पत्नी की बात क्यों नहीं मान लेता? आखिर मकान बदल लेने में ऐसा खास झंझट क्या है ?

अब मैं मिलूं न मिलूं, जब-जब मुझे मधुसूदन का ध्यान आता है, शिवनंदन का भी साथ आता है और तब-तब विज्ञान के ये शब्द 'पदार्थ के बारे में मनुष्य का ज्ञान, पदार्थ की गति के स्वरूपों का ज्ञान है,' जाने क्यों, मेरे मस्तिष्क में आप-ही-आप कौंध जाता है। ध्वनि, प्रकाश, विद्युत, विवंधन, संयोजन आदि प्रकृति में गति के बहुत से स्वरूप मौजूद हैं, लेकिन हर एक वस्तु और एक-एक प्राणी की अपनी एक खास गति होती है और इसी गति से उस वस्तु और प्राणी का वास्तविक रूप पहचाना जाता है। इन दोनों प्राणियों —मधुसूदन और शिवनंदन की भी एक खास गति है। जब मुझे इनका ध्यान आता है, तो इनकी शकल-सूरत या डील-डोल नहीं बल्कि यह खास गति ही मेरी नजर में होती है और मैं इसी के बारे में विचार करता रहता हूं, सोचता रहता हूं...

और एहसास में खट्टी डकारों की दुर्गध बस जाती है।

खोल

'कष्ट न हो तो जरा सिगरेट उठा दीजिए'—मैंने प्रतापसिंह से कहा और कानिस पर रखी डिब्बी की तरफ इशारा किया।

'वाह, इसमें कष्ट क्या होगा ! और हुक्म ?'—उसने डिब्बी मेरी ओर बढ़ाते हुए कहा।

'धन्यवाद !' मैंने सिगरेट निकालकर होंठों में दबाई और कनखियों से जीत की ओर देखा।

'मैं खुद न सिगरेट पीता हूं, न शराब।'

प्रतापसिंह ने अपने आचरण की व्याख्या शुरू की और उसकी मूंछों तले एक विशिष्ट मुसकान प्रकट हुई—'लेकिन कोई दूसरा पिए तो मुझे एतराज नहीं। मैं हर प्रकार के लोगों की संगति में मजे से रह सकता हूं और मेरे मन में किसी के प्रति जरा भी घृणा नहीं है।

भापाजी, यह हम जानते हैं":—जीत ने विद्रूप भाव से कहां और एक तीखी नजर सिर से पांव तक उसपर डाली।

प्रतापसिंह ने सिर्फ कच्छा और बनियान पहन रखी थी। केश और दाढ़ी के अलावा उसकी टांगें और बांहें भी बनमानस की तरह बालों से स्याह थीं।

जीत, नासिर और मैं, तीनों एक कमरे में इकठे रहते थे। इस नई बस्ती में यह कमरा, जिसमें बिजली के अलावा हाने वगैरह की भी सहलियत थी, प्रतापसिंह के प्रयत्न और सिफारिश से ही हमें मिल पाया था, वरना दिल्ली जैसे शहर में रिहायश के लिए कब तक परेशान होना पड़ता। इसलिए हम उसके कृतज्ञ थे।

इस कमरे से चन्द कदम के फासिले पर प्रतापसिंह का अपना निजी मकान था जहां वह बीवी-बच्चे समेत गृहस्थ-जीवन बिता रहा था। यह उसकी सहृदयता और उदारता थी कि वह हम जैसे आवारा तिलंगों से बेतकल्लुफी बरतता था और चाहे कच्छा-बनियान पहन हमारे कमरे में चला आता, हमारे साथ बैठकर चाय पीता, गपशप और दिल्लगी करता था। वरना आम जिन्दगी में साधारण लोगों के सामने उसका पहनावा, बोलचाल और बरताव इससे बिलकुल भिन्न था।

जब वह घर से बाहर निकलता तो खुली आस्तीन का कलफ लगा हुआ सफेद बुर्राक कुरता और पायजामा पहनता, सिर पर हलके लाल रंग की दस्तार सजाता और काफी समय खर्च करके दाढ़ी चढ़ाने के लिए फिक्सो लगाता था। यह गर्मी का पहनावा था। सर्दी के मौसम में वह एकदम बढ़िया गर्म सूट पहनता था, जिस पर दाग-धब्बा या कोई निशान सूक्ष्मदर्शी यन्त्र से भी दिखाई देना मुश्किल था। इस पहनावे और रख-रखाव के साथ जब गम्भीरता और शालीनता भी मिल जाती थी तो देखने वालों पर उसका रोब पड़ता था और वह कोई महत्त्वपूर्ण व्यक्ति नजर आता था। फिर राजनीतिक, सामाजिक और साहित्यक विषयों पर बातचीत करने के लिए चंद ऐसे झलमल और अद्वितीय नुक्ते उसे मालूम थे कि सुनने वाले चकित रह जाते और पहली एक-दो मुलाकातों में ही उसकी योग्यता और बौद्धिकता की धाक दिलों पर बैठ जाती। साफ-सुथरे पहनावे और रख-रखाव की तरह गम्भीरता और एक विशिष्ट अंग मुसकराहट भी इसीलिए उसके आचरण का अंग बन गई थी और वह लोगों के इस भ्रम को बनाए रखने का प्रयत्न करता था।

हमारी यह खुदकिस्मती थी कि प्रतापसिंह हमारे साथ बेतकल्लुफी बरतता था और जब चाहे बिना दाढ़ी बांध, सिर्फ कच्छा-बनियान पहने हमारे कमरे में चला आता था। शुरू-शुरू में हम भी उसे महत्त्वपूर्ण व्यक्तिं समझते थे और अपने प्रति उसकी उदारता की कद्र करते थे, लिहाजा जब कभी हमारे यहां बेतकल्लुफ दोस्तों की महफिल जमती तो हम उसे भी निमंत्रित कर लेते थे। विभिन्न विषयों पर बहसें चलतीं, हंसी और दिल्लगी रहती।

हमने एक स्टोव रख छोड़ा था। मन हो तो चाय दिन में कई मर्तबा बनती थी और यह सिलसिला सुबह आंख खुलते ही शुरू हो जाता था।

'जीत, क्या तुम इतने सुस्त हो कि उठकर चाय भी नहीं बना सकते ? मुझे कम-से-कम तुमसे इन बात की उम्मीद नहीं थी।'

'जी हां, तुम्हें क्यों उम्मीद होगी ! नवाब झज्जर बने करवटें जो बदल रहे हो !'—जीत उत्तर देता और मुंह ढांपकर फिर से सोने का अभिनय करता।

भई नासिर, तुम्हीं उठो और हिम्मत करो ! यह तो महानालायक निकला !' मैं 'महा' पर विशेष जोर देता और फिर हंसता।

'अच्छा, मैं चाय बनाता हूं, लेकिन यह बताओ कि बरतन कौन धोएगा?' नासिर शर्त लगाता।

'यह भी कोई पूछने की बात है ! वह तो जीत धो ही लेगा'—मैं उत्तर देता।

'क्यों जीत, ठीक है न ?'—नासिर उससे पूछता।

'तुम चाय तो बनाओ, बरतन भी धुल जाएंगे'—जीत झट मुंह उघाड़कर गोल-मोल बात कहता।

'अपने आप कैसे धुल जएंगे ?' पहले तय कर लो, मैं फिर उडूंगा।

कुछ देर इसी प्रकार चपकलश रहती और हमें चाय से भी अधिक आनन्द इस चपकलश में आया। अगर इसके बाद भी जीत और नासिर में से कोई न उठता तो मैं खुद चाय बनाकर उन्हें बड़े अदब से पेश करता।

इतवार को नासिर, जीत और मेरे अलावा दीपक और शाहिद भी आए और सर्वसम्मति से तय हो पाया कि दोपहर का खाना ठाट से घर पर बने। हमने चाय के समान के अलावा दूसरे बरतन भी रख छोड़े थे और ऐसे प्रोग्राम अकसर बनते रहते थे।

प्रस्ताव दीपक ने रखा था। इसलिए वह खुद ही लपककर बाजार गया, ढाई-तीन सेर मांस और उसमें डालने के लिए घी, दही, मसाला आदि खरीद लाया। वह उत्साही व्यक्ति था और दिल का भी शाह था। कृपणता उसे छू तक नहीं गई थी। घर था, बीवी और बच्चे थे, मगर दोस्तों के साथ

मिलकर पकाने-खाने का उसे खास शौक था और वह गोश्त पकाने की कला में निपुण था।

उसके नेतृत्व में सब काम आप ही आप सरंजाम पा जाते थे और 'मैं', 'तू' की गुंजाइश नहीं रहती थी। यों ही गोश्त बनकर तैयार हुआ, जीत तन्दूर से रोटियां लगवा लाया, शाहिद ने सलाद काटा और नासिर ने और मैंने प्लेटें साफ कर दी और बैठने के लिए दस्तरख्वान बिछा दिया।

'और किसी बरतन वगैरह की जरूरत हो तो मैं घर से लेता आऊं?'—प्रतापसिंह ने अपनी सेवाएं की। वह भी इस दावत में निमंत्रित था।

'बरतन वगैरह सब हैं, आप इतमीनान से बैठ जाइए'—मैंने उसे उत्तर दिया और वह मेरी चारपाई के पास पाये से टेक लगाकर दरी पर बैठ गया।

दीपक ने प्लेटों में मांस परोस-परोसकर सबके सामने रखा। सलाद और रोटियां भी दर्म्यान में रख दीं। इसके बाद दीपक खुद पालथी मारकर बैठ गया और उसके 'सत् श्री अकाल' कहते ही सबने खाना शुरू कर दिया।

'गोश्त बहुत अच्छा बना है !" प्रतापसिंह ने ग्रास मुंह में रखते ही दाद दी'

'अच्छा क्यों न बनता, उस्ताद के हाथ लगे हैं !' जीत ने दीपक की ओर देखते हुए कहा।

'बहुत कम लोगों को गोश्त की पहचान है। पकाने की बात अलग रही, वे खरीदने में ही मार खा जाते हैं। इसलिए पहले इस बात की दाद दीजिए कि मैं बढ़िया गोश्त खरीदकर लाया। शाबाश मेरे शेर !' उसने आप ही अपनी पीठ पर थपकी दी और होंठ खुल जाने से ऊपर के दो सुनहरी दांत चमक उठे।

दीपक हम सब में भारी-भरकम पहलवान किस्म का आदमी था। बड़े शौक से खाता और साथ ही चटखारे ले-लेकर बतलाता भी जाता था। एक बार शुरू हो जाए तो नाना प्रकार के खानों की बातें, शराब की बातें, औरत की बातें, भरव मंदिर की बातें, शिव-पुराण की बातें.. बातें, जो खत्म होने में ही नहीं आती थीं।

'हम जब पहले-पहल दिल्ली में आए तो पांच रुपये फुट के हिसाब से बैनर बनाते थे। अंधी कमाई थी। हर साल दो-तीन महीने मैं बम्बई में गुजारता था और ताजमहल होटल में खूब ऐश करता था'—उसने अपनी पाटदार आवाज में बात शुरू की।

'अच्छा, दीपक साहब, यह बताइए, आप एक बैठक में कितनी शराब पी सकते हैं ?' नासिर ने पूछा।

'पीने को तो पूरी बोतल कई मर्तबा पी है, लेकिन आमतौर पर अद्धा काफी है। उससे सरूर आ जाता है"—उसने सरस भाव से उत्तर दिया।

'आप लोगों ने शराब का जिक्र छेड़ा, इजाजत हो तो मैं अपनी जिंदगी का वाकिया बयान कर दूं ?' —प्रतापसिंह ने ग्रास मुंह को ले-जाते-ले-जाते रुककर पूछा।

'हां...हां, शौक से, बयान कीजिए'—मैंने और नासिर ने एक साथ कहा।

'आप भी छिपे रुस्तम मालूम होते हैं !' दीपक ने कुतूहल में भरकर आंख झपकी।

प्रतापसिंह ने ग्रास वापस प्लेट में रख दिया और घुटने के बल आगे को झुककर बात शुरू की—'अमृतसर की बात है, उस समय मेरी उम्र सत्रह-अठारह साल होगी...'

'गुस्ताखी माफ ! क्या मैं पूछ सकता हूं कि इस समय आपकी उम्र क्या है ?' जीत ने उसे टोका।

'सैंतालीस साल।'

'मोया तीन साल बाद आपकी उम्र पचास साल हो जाएगी। इसका मतलब है कि हम सब में आप ही बुजुर्ग आदमी हैं।'

'नहीं साहब, बुजूर्गी का हक भी मुझे पहुंचता है !' दीपक बोल उठा और उसने आगे कहा—'मेरी उम्र इस समय इक्कावन साल, दो महीने और ग्यारह दिन है। 14 जून 1612 को यह कमतरीन इस दुनिया में तशरीफ लाया था।'

'हुजूर की आदम रो इत्तला पाई ! अब प्रतापसिंह जी को अपना वाकिया बयान करने दीजिए, वरना वह खाने की हड़ताल किए बैठे रहेंगे

!'—नासिर ने कहा और प्लेट में रखे ग्रास की ओर सकेत किया।

'हां सरदार जी, अर्ज कीजिए, यानी फरमाइए !' जीत प्रतापसिंह से मुखातिब हुआ।

'इस हिसाब से यह तीस साल पुराना वाकिया है।"

'वह तो जाहिर है, मगर आप झटपट बयान कर दीजिए। अगर दीपक ने कहीं दीपक राग शुरू कर दिया तो दस साल और पुराना हो जाएगा !' जीत मेरी ओर देखकर मुसकराया। हम सब हंस पड़े और दीपक ठहाका मारकर हंसा।

'हम लोग नहर के किनारे पिकनिक पर गए'—प्रतापसिंह बोला। उसने पिकनिक की यह घटना सविस्तार बयान की। उसमें जो लोग शामिल थे, उनके नाम तक गिनवाए। लेकिन मुद्दआ यह था कि वहां सबने व्हिस्की पी और प्रतापसिंह के पितातुल्य पड़ोसी लमूराम खत्री ने एक जाम उसे भी पेश किया। प्रतापसिंह बड़ी दुविधा में फंसा। करे तो क्या करे ? इत्तिफाक से लमूराम का बेटा गोतम भी पिकनिक में शरीक था। उसे देख प्रतापसिंह को उपाय सूझा और वह विनभ्र भाव से बोला— 'लमूराम जी, अगर आप पहले गौतम को पिला दें तो मैं भी पी लूंगा।' प्रतापसिंह अपनी इस सूझ पर आप ही मुसकराया और उसने आगे कहा—'लमूराम शर्म के मारे पानी-पानी हो गया। चूंकि वह अपने लड़के से पीने को नहीं कह सका, इसलिए मैं भी बच गया। और मुझे खुशी है कि उस वक्त का जो बचा तो अब तक बचा हुआ हूं।'

'अगर आप बचे हुए हैं तो हम अपने डूब जाने पर बेहद खुश हैं !'—दीपक ने झट कहा और साथ ही एक समृद्ध कहकहा सारे कमरे में गूंज उठा। प्रतापसिंह की मूंछों तले जो विशिष्ट मुसकराहट प्रकट हुई थी, वह फीकी पड़ गई।

दीपक एक आर्टिस्ट था और फिल्मों के बैनर बनाकर जीविका कमाता था। उसे अब शिकायत यह थी कि कम्पटीशन के कारण रेट इतने गिर गए हैं कि रुपया-सवा रुपया फुट पर भी काम मुश्किल से मिलता है। इसलिए पिछले चन्द साल से बम्बई जाकर ऐश करने की हसरत पूरी नहीं हुई। मगर इस कम आमदनी में भी हसरत को जीवित रखे हुए था और हफ्ते में दो-एक

बार जश्न जरूर मना लेता था। जब काम हाथ में होता तो वह गधे की तरह उसमें जुट जाता, रात-दिन कुछ न देखता और जब बैनर बनकर तैयार हो जाता तो थकान उतारने के लिए लगातार शराब पीता।

जीत, नासिर और मैं जीवित रहने के लिए मुख्तलिफ धंधे करते थे। मसलन जीत एक अच्छा एकाउण्टेण्ट था। उसे कहीं-न-कहीं फुल टाइम या पार्ट टाइम काम मिल ही जाता था। पर इस शुष्क और नीरस काम में उसका मन कम ही लगता था और फिर हमारे दर्शन के अनुसार किसी नियम का पालन भी तो व्यक्तित्व का ह्रास था, इसलिए जी में आई तो वह लगातार काम पर जाता रहता और न आई तो हफ्तों मालिक को मुंह न दिखाता और फिर न आ सकने के लिए बहाने तलाशता। मालूम ? नौकरी छूट जाती थी। इसलिए साल में सात नहीं तो वह पांच महीने जरूर बेकार रहता था। मैं जो घर वालों से विद्रोह करके निरंजन सिंह की बजाय एस० निरंजन बन गया था और अधिकांश समय नई दिल्ली के कॉफी हाउस या टी हाउस में इण्टेलेक्चुअलों के दार्म्यान गुजारता था, टाइपिस्ट भी था, एक ब्लॉकमेकिंग कम्पनी का एजेण्ट भी था और एक साप्ताहिक पत्न के लिए कमीशन पर इश्तहार भी जुटाता था। दरअसल निश्चित आमदनी कुछ नहीं थी, जुआरी की तरह दाव लग जाने वाला सौदा था। हम तीनों में सिर्फ नासिर ही एक ऐसा था जो एक मासिक पत्निका में सौ-सवा सौ रुपये महीने स्थायी रूप से मुलजिम था और तर्जमे-वर्जमे से भी कुछ कमा लेता था।

हम तीनों में से कोई कुछ भी कमाए, आमदनी-खर्च सबका सांझा था। एक-दूसरे को हम इतना समझ गए थे कि कोई किसी से कुछ छिपाता नहीं था। पैसे हाथ में हों तो खूब मजे रहते, बोतल आती और दीपक और शाहिद जैसे हम-नवाला, हम-प्याला दोस्त भी निमंत्नित होते। लेकिन अगर हाथ तंग होता तो सिगरेट तक पीने को तरस जाते, कई बार उपवास भी होता, अथवा जैसे-तैसे पेट भरते। ऐसी हालत में प्रतापसिंह को हमारी हरकतें अजीब लगती और वह चौंकता। 'यार, यह नासिर भी अजीब आदमी है !' एक दिन उसने मुझसे कहा—'कल दोपहर को हलवाई से पाव भर बरफी और एक डबल रोटी तो लाकर खा ली, मगर होटल तक खाना खाने नहीं जा सका'

प्रतापसिंह को क्या मालूम कि इन दिनों जिंदगी तंगदस्ती में गुजर रही थी। होटल का पिछले महीने का बिल भी हम अदा नहीं कर पाए थे, इसलिए मालिक को मुंह दिखाते शर्म आती थी। लेकिन हलवाई से अभी उधार मिल रहा था। कि हमारा खयाल था कि प्रतापसिंह हमारे स्वभाव से अपरिचित एक निरीह व्यक्ति है और उसकी नीयत में किसी प्रकार का खोट नहीं है।

लेकिन उस दिन वत्स्य आया और उसने बड़े तपाक से पूछा— 'सुना है, कल दुश्मनों की तबीयत खराब थी ?'

'हां, वैसे ही ज़रा सिर भारी था'—मैंने उत्तर दिया।

'इसीलिए दफ्तर नहीं गए ?'

'दफ्तर.. हां, दफ्तर भी नहीं गया, मगर यह बताइए, आपको यह सब इतला कहां से मिली ?'—मैंने दरियाफ्त किया।

'इत्तला जैसी कोई बात नहीं'—उसने उत्तर दिया। कल शाम को दिल्ली से लौटते समय आपके पड़ोसी और परम मित्र प्रतापसिंह से भेंट हो गई। उन्होंने यों ही आपकी रंगीनियों का जिक्र छेड़ा और फिर बताया कि रात को खूब पी...'

'और दिन-भर निढाल होकर चारपाई पर लेटा रहा, दफ्तर तक नहीं गया'—मैंने उसके मुंह से बात छीनी और वह मुसकराकर चुप हो गया।

बस्य निहायत भला और शरीफ आदमी है। इसी बस्ती में उसका अपना मकान है। साहित्यिक रुचि रखता है, इसलिए उसने हमारी नई-नई वाकिफीयत हुई है। वह प्रतापसिंह की तरह रख-रखाव नहीं बरतता और पारसा भी नहीं बनता। एक कारोबारी व्यक्ति की तरह साधारण ढंग से गृहस्थ जीवन बिता रहा है। आड़े वक्त में कभी पांच-दस रुपये उधार मांगे तो मिल जाते हैं। इससे ज्यादा हमारा उसके साथ कोई लगाव नहीं। उससे शराब का और दफ्तर न जाने का जिक्र छेड़ने में क्या तुक थी ?

जरा देर लगती है, लेकिन कोई व्यक्ति जैसा भी हो, लोग उसे समझ लेते हैं। पिछले पांच-सात महीने में हमने भी इस बात को बखूबी समझ लिया था कि प्रतापसिंह हमारी कमजोरियां जमा करके उन्हें इधर-उधर फैलाने में

एक विशेष आनंद अनुभव करता है। उद्देश्य शायद अपनी पारसाई उजागर करना हो। गन्दे-मैले व्यक्ति को पास खड़ा कर लेने से सफेद पोशाक ज्यादा चमक उठती है।

"आप लोग पूरे बोहीमियन हैं"—वह अण्ट-शण्ट पड़ी किताबें और फर्श पर बिखरे सिगरेट के टुकड़ों की ओर संकेत करके कहता।

'शायद इसीलिए आपको हमारा पड़ोस पसन्द नहीं।'

'पसन्द क्यों नहीं? मैं तो खुश हूं कि आप लोग मेरे पड़ोसी बने। मेरे लिए यह भी एक तजरबा है।'

हम यह बात कई मर्तबा सुन चुके थे। जीत हम तीनों में अधिक उदण्ड और मुंहफट था और भावुक भी अधिक था, इसलिए वह अपने आपको संयत न रख सका।

"भापाजी, फिर जरा होशियार रहना ! कहीं आपको यह तर्जुबा महंगा न पड़े !'—उसने चुनौती दी।

'महंगा क्या पड़ेगा ! आप लोग जानते ही हैं, मैं हर तरह की संगति में रहने का आदी हूं और हर तरह का मजाक सह लेता हूं।'

'बस, फिर ठीक है'—जीत ने कहा और कनखियों से मेरी और नासिर की और देखा।

कहने को प्रतापसिंह उदार और आधुनिक बनता था, पर हमारी नजर में वह उस बूढ़े और खूसट समाज का प्रतीक था जिसकी विडम्बना और संकीर्णता से चिढ़कर हमने विद्रोह का मार्ग अपनाया था और इस दिशाहीन विद्रोह ने हमें वह कुछ बना दिया जो अब हम थे। प्रतापसिंह दूसरों की दुर्बलताओं में रस लेता था और हमें विडम्बना के चेहरे से पारसाई का मुखोटा नोच लेने में मजा आता था। इसलिए जीत ने उसे चुनौती दी और उस सिलसिले में अपनी जो योजना बताई, उससे हम बहुत खुश हुए।

इत्तिफाक से अगले दिन शनीचर था और शाम को दीपक बोतल लेकर आ पहुंचा। प्रतापसिंह ऐसे अवसरों की ताक में रहता था कि हमारी शराब की महफिल में भी वह हमारे पास बैठ सके। जब हम पीकर बहकते तो हमारी बातें सुनना भी उसके लिए एक तजरबा था। मगर उसका यह रवैया हमें पसंद

नहीं था। इसलिए हम उपेक्षा-भाव दिखाते और उसे टालने की कोशिश करते, पर उसपर किसी भी बात का असर न होता।

''यार, प्रतापसिंह, हम सोडा लाना भूल गए ! अगर आपको कष्ट न हो...'

'हां...हां, मैं अभी लाए देता हूं।'

वह लपककर बाजार जाता और सोडे की बोतलें ला देता।

'ओह, नमकीन भी तो नहीं है !'

'बादशाहो, फिक्र न करो, वह भी आ जाएगा।'

नमकीन, बर्फ और सोडा, वह हर चीज बिना तकल्लुफ ला देता। आठ-दस आने, रुपया-डेढ़ रुपया जेब से खर्च हो जाए तो भी कुछ परवाह नहीं। पर जब तक हम पीते थे, वह हमारे पास मौजूद रहता। हम नशे में जो ऊल-जलूल चेष्टाएं और बातें करते, वह चुप बैठा उन्हें देखता-सुनता और अगले दिन मनोरंजन के लिए हमसे उनकी चर्चा भी करता।

अब जब उसने तजरबे की बात कही और जीत ने उसे चुनौती दी तो हमने अपनी योजना दीपक से भी कह सुनाई। पहले तो वह खूब हंसा और फिर बोला—'तुम देखना, मैं भापे का कैसा मुर्गा बनाता हूं। आधी ही रात को बांग देगा कुक्कड़ूं कूं...!'

उसके कुक्कड़ू कू पर हम भी हंसे।

शनीचर और इतवार को प्रतापसिंह बिना बुलाए ही हमारा कमरा जरूर झांक लेता था, इसलिए उसे दीपक के आने का सुराग मिल गया और जब हम पीने बैठे तो वह भी आ टपका।

जीत और नासिर दो-दो पेग पीकर ही सरूर में आ गए और योजना के अनुसार खुल खेले। 'इस कमीने श... ख्श को यहां से हट...।... दो'—जीत ने आंखें चढ़ाकर लड़खड़ाती आवाज में कहा।

'तुम्हें क्या, बैठा रहने दो !'— मैं बोला।

'मुझे स...ख्त ए...तराज...है !'—जीत ने स्वर और ऊंचा किया।

'सिर्फ जीत...ही को नहीं...मुझे भी...एतराज है।'

नासिर ने भी वही अभिनय किया और कहा—'मैं गवाही देता हूं कि

यह श... ख्स फिरतन क.. मीना है और हमें...नंगे दे...खकर खुश होता है।'

'ठीक...ठीक...बिल...कुल ठीक ! जो शख्स...खु...द नंगा होना...प... सन्द...न...हीं करता, वह हमें...क्यों नं... गा देखना चा...हता है।' जीत ने नासिर का समर्थन किया।

'अच्छा, मेरी सुनो।' दीपक ने हाथ उठाकर उन दोनों को शान्त किया—'अगर आज उसे नंगा कर दिया जाए तब तो तुम्हें कोई एतराज नहीं ?'

'नहीं।' जीत ने सिर हिलाकर उत्तर दिया।

इस बीच हमने एक-एक पेग और पी लिया। नासिर ने अपना खाली गिलास फर्श पर रखकर होंठ पोंछे और फिर कहा—'मगर आप इस शख्स को नं...गा न...हीं कर सकते। इसने इन क...पड़ों के अला...वा..अपने सारे जिस्म...पर एक बहु...त मोटा...खोल चढ़ा रखा है।"

'मैं अभी उतारता हूं।' दीपक बोला।

उसने एक हलका-सा पेग बनाया और प्रतापसिंह के सामने रखकर उसने कहा—'लो, खालसा जी, इसे चुपके से पी लो ! छोकरों की बात रह जाएगी।'

'दीपक जी, आप जानते हैं, मैंने आज तक कभी नहीं पी और न पिऊंगा'—-प्रतापसिंह घिघियाया।

नहीं पी तो यहां मां...' जीत ने एक मोटी-सी गाली फेंकी।

प्रतापसिंह गाली पी गया और अपने खास अन्दाज से मुसकराया।

'खालसा जी, मुसकराने से काम नहीं चलेगा। बेहतर है कि भलमानसी से मान जाओ, वरना मुझे दीपकशाही पर उतरना पड़ेगा !'

जब उसने दो बार इनकार किया तो दीपक ने उसे उठाकर घटनों में दबोच लिया।

'मैं इसका मुंह खोलता हूं, तुम उसमें पेग उंडेलना। ऊंट को जैसे नाल से छाछ पिलाई जाती है, हम इसे शराब पिलाएंगे।'

जब प्रतापसिंह दीपक के घुटनों में दुबका हाथ-पांच पटक रहा था तो मेरे लिए हंसी जब्त करना मुश्किल हो रहा था, इसलिए मैं उठकर बाथरूम

में चला गया।

'अरे, डालो यार !' दीपक ने जीत से कहा।

नासिर ने सिर पकड़ रखा था और दीपक होंठ खोल रहा था। मगर यों ही दीपक ने पेग उंडला। प्रतापसिंह ने झुरझुरी लेकर होंठ भींचे और सिर हिला दिया। शराब उसके सिर और दाढ़ी के खुले बालों में बिखर गई और वह पिंजरे में बन्द चूहे की तरह छटपटाने लगा।

मैं किवाड़ की आड़ से यह दृश्य देख रहा था और मुझे इस आदमी पर तरस आ गया।

'बस, अब छोड़ दो, इतना ही काफी है'—मैंने कहा।

'यार, हमें भी तजरबा पूरा कर लेने दो ! -जीत बोला। 'छोड़ो, दीपक हो गया !'

दीपक ने उसे छोड़ते हुए कहा—'चलो, तुम्हारे कहने से माफ किया !'

उस रात जब हम सोने लगे तो हमारा खयाल था कि प्रतापसिंह के साथ जो बनी है, उसे वह उम्र भर नहीं भूलेगा और मुमकिन है, हमेशा के लिए नाराज हो जाए।

लेकिन सुबह हम सोकर उठे ही थे कि वह नियमपूर्वक हमारे कमरे में आया और मुसकराकर कहने लगा— 'यार, रात तो आप लोग बहुत ज्यादा बहक गए थे !'

कोयल और इन्सान

कुहू ! कुहू ! कुहू ! कुहू !

'प्राण सुनो, कोयल की आवाज कितनी मधुर है, और वह इधर-उधर से; हर तरफ से आ रही है। मां ने अपने स्वर में कोयल का-सा मिठास भरकर कहा।

गांव के बाहर की तरफ मेरा मकान था, जो मैंने नया बनवाया था और उसके इधर-उधर आम के पेड़ थे—यों तो सारा गांव आम के पेड़ों से घिरा था। फिर खजूर के ऊंचे-लम्बे वृक्ष थे और इन वृक्षों से परे पहाड़ थे, जिनपर बादल रुई के गालों के सदश्य लटके दिखाई देते थे। मां जब यहां आई तो गांव का मनोरम दृश्य देखकर विमुग्ध हो उठी और उसने हठात् कहा, 'अब सारी उम्र यहीं गुजार दूंगी।'

चैत का नहीता था। आम के पेड़ों पर बौर फूला था। गत वर्ष आम देखने को नहीं मिला था, लेकिन अब के उम्मीद थी, कि आम की फसल खूब होगी। लेकिन कोयल को फसल से कोई सरोकार नहीं; उसे तो आम के पेड़ से प्रेम है। जब बौर आता है, तो कोयल चहक-चहक कर, अपने इस प्रेम को व्यक्त करती है।

मां सुबह-सुबह सोकर उठी, तो सहसा उसके कान में कोयल का मधुर स्वर पड़ा, जिसे सुनकर वह चौंक उठी और उल्लास में भरकर बोली, 'प्राण सुनो, कोयल की आवाज कितनी मधुर है।'

मां के विशेष स्वर ने मुझे चौंका दिया और लगा जैसे कोयल की आवाज आज मैं पहली मर्तबा सुन रहा हूं। वैसे बोलने को कोयल रोज बोलती थी और

फिर एक के बाद एक, बहुत-सी कोयले स्वर में स्वर मिलाकर कुहू कुहू का राग अलापती थीं, जंगल का जंगल चहक उठता था और वातावरण संगीत से भर जाता था।

मां ने इस कुहू-कुहू की ओर संकेत करके, उसमें विशेष अर्थ संवार दिया था, जैसे अपने जीवन के प्यार, त्याग और महानता का एक अंग उसमें उंडेल दिया हो। मां और मैं काफी देर तक विमुग्ध बैठे इस कुहू-कुहू को सुनते रहे और उसके अद्वितीय माधुर्य को आत्मा में भरते रहे। सामने सूर्योदय ने पहाड़ों के दृश्य को और भी लुभावना बना दिया था।

मां को गांव का वातावरण पसंद आया था और वह शेष जीवन यहीं काट देना चाहती थी। मेरे लिए इससे अधिक प्रसन्नता की बात और क्या हो सकती थी। मेरे मन में एक प्यास-सी अटकी हुई थी और मैं अकसर सोचा करता था कि मैंने आज तक मां के लिए कुछ भी नहीं किया, उससे लिया ही है, दिया कुछ भी नहीं। आज मां यहां रहेगी तो मुझे भी उसकी सेवा का अवसर मिलेगा।

मैंने जब से होश संभाला था, सिर्फ मां को देखा था। बाप का साया बचपन ही में सिर से उठ गया था। वह स्टेशन मास्टर थे और सुना है कि बड़े सिद्धान्तवादी और धन के पक्के थे; लेकिन मैंने उन्हें देखा नहीं। मैं कोई तीन-चार महीने का था, जब उनका देहान्त हो गया और मेरा बड़ा भाई कल्याणनाथ उस समय सवा तीन साल का था।

उनकी मृत्यु के उपरान्त हमारे लालन-पालन और शिक्षा का भार मां के कमजोर कंधों पर आ पड़ा। मां ने अपनी इस जिम्मेदारी को खूब निबाहा। वह स्कूल में टीचर हो गई और खुद कष्ट सहन करके हमारे लिए हर प्रकार की सुविधा जुटाने लगी उसके त्याग और तपस्या के कारण, कल्याण बी० ए० पास करके सरकारी नौकर हो गया। उसका विवाह भी हो चुका और दो बच्चे थे। वह सिविल सप्लाई के महकमे में सुपरिटेंडेंट था और तनख्वाह माकूल मिलती थी। लेकिन मैं...क्या बताऊं, मेरे जीवन की धारा विभिन्न दिशा में बह निकली थी।

बात यों हुई कि जब मैं लाहौर जाकर कॉलेज में दाखिला हुआ, उसी

साल अगस्त सन् 42 का आंदोलन शुरू हो गया। एक तूफान-सा उठा और 'इनकलाब जिन्दाबाद' की एक लहर कॉलेज में भी आई, जो कुछ दूसरे लड़कों समेत मुझे भी अपने साथ बहाकर ले गई। दो साल तक जेल में नजरबन्द रहा और पढ़ाई का सिलसिला वहीं खत्म हो गया और उसके बाद जीवन किसी एक स्थिति पर स्थिर न हो सका। कभी बड़े उत्साह के साथ, राजनीतिक कार्य में व्यस्त हो जाता था और कभी इस ओर से निरोत्साह होकर किसी कारखाने अथवा फर्म का टूरिंग एजेंट बन जाता था। परिणाम यह निकला कि न राजनीति में पांव जमे और न कारोबार में वांछित सफलता मिली। लोगों ही का नहीं, मेरा अपना भी यह विचार बन चुका था कि मेरे स्वभाव में स्थिरता नहीं, मैं एक भावुक व्यक्ति हूं और भावुकता में बहकर अपने निश्चय बदलता रहता हूं।

इस बीच में मेरे एक ताऊ की मृत्यु हो गई। उनके कोई संतान नहीं थी और अपनी जायदाद मेरे नाम वसीयत कर गए थे। मैंने वह जायदाद बेच डाली, जिससे मुझे तीन-साढ़े तीन हजार रुपया हाथ लगा। मैंने सोचा कि अब कोई स्थायी काम करूं, जिससे इस रुपये का सदुपयोग हो और जीवन सुधरे। इस गांव में कुछ ऐसी भूमि थी, जिसे सरकार कृषि योग्य बनाना चाहती थी और सस्ते दामों बेच रही थी। मैंने यह भूमि खरीद ली। कुछ रुपया सरकार से कर्ज लिया, बैल खरीदे, अपने लिए यह मकान बनवाया और दो-तीन मुलाजिम रखकर खेती-बारी शुरू कर दी।

साल-भर बड़ी मेहनत और मुस्तैदी से काम किया। दिन देखा न रात देखी, मिट्टी खोदते-खोदते हाथों में छाले पड़ गए। लेकिन साल के अंत में परिणाम यह निकला कि मुलाजिमों की तनख्वाह चुकाने के लिए मुझे बैल और छकड़ा बेच देने पड़े; जो गेहूं और चावल पैदा हुआ था, उसमें से कुछ बेचकर कर्ज की किस्त अदा की और बाकी खाने के लिए बच रहा। मगर मैं हताश हो चुका था, आगे काम करने की हिम्मत नहीं थी, इसलिए जमीन बटाई पर उठा दी। लोगों ने बहुतेरा समझाया कि भई तुम्हें जो मेहनत करनी थी वह कर चुके। आगे फसल अच्छी होगी। अब कमाई हुई जमीन बटाई पर क्यों देते हो। लेकिन मैंने किसी एक की भी नहीं सुनी, क्योंकि मेरा यह

विश्वास बन चुका था कि ये लोग हरामखोर हैं, जब उन्हें मालूम हो जाए कि बंधी तनख्वाह मिलेगी तो बिलकुल काम नहीं करते। बेकार पड़े बातें बनाते हैं और तनख्वाह मुफ्त ऐंठ लेना चाहते हैं।

इन्हीं दिनों मां मेरे साथ रहने यहां आई। वह छः-सात महीने से बड़े भाई कल्याण के पास रहती थी। वहां उसे हर प्रकार की सुविधा प्राप्त थी, कोई कष्ट नहीं था। भाई और भाभी उसका आदर करते थे। मगर कठिनाई यह थी कि मां वहां सब कुछ होकर भी कुछ नहीं थी, शासन भाभी का था। घर चाहे बेटे ही का क्यों न हो, मेहमान बनकर वहां निकम्मे पड़े रहना मां को गवारा नहीं था। उसने सारा जीवन कड़ा श्रम करते स्वेच्छा से व्यतीत किया था। बेटे के अफसर बन जाने के बाद भी वह बराबर अध्यापिका बनी रही। उसे पौने दो सौ तनख्वाह मिलती थी। लेकिन मितव्ययता से रहती थी और तनख्वाह का अधिकांश भाग मुझ पर, भाई पर और भाई के बच्चों पर खर्च कर देती थी।

लेकिन पिछले साल उसका स्वास्थ्य एकदम बिगड़ गया, उसके लिए नौकरी जारी रखना कठिन हो गया। उसने बहुत काम किया था और उम्र का तकाजा भी यह था कि वह अब आराम करें। फिर भी उसका विचार नौकरी छोड़ने का न था, लेकिन कल्याण का आग्रह था कि मां अब नौकरी छोड़ दे और उसके पास रहे। अतएव वह नौकरी छोड़कर उसके पास चली आई।

इसके सात-आठ महीने उपरान्त, जब मैं भाई-भावज से मिलने शहर गया तो मां ने मुझे जी भरकर प्यार किया—फिर सहसा उसकी आंखें भर आईं। मैंने कारण पूछा तो वह फफक-फफकर रोने लगी।

'क्यों मां, रोती क्यों हो ? तुम्हें कोई तकलीफ हो तो मुझसे कहो।'

'बेटा, मुझे तकलीफ तो कोई नहीं।' उसने आंखें भर रुंधे गले से कहा और बोली, 'मगर मेरा यहां जी नहीं लगता।'

'तो तुम मेरे साथ गांव चलो।'

'हां, मैं तुम्हारे साथ गांव चलूंगी।'

बेटा जब ब्याहा जाता है, तो वह मां का नहीं रहता, पत्नी का हो जाता है। मैं अभी तक कुंवारा था और यों भी मां का अधिक स्नेह छोटे बेटे पर होता है। वह नहीं चाहती थी कि मैं गांव में अकेला पड़ा रहूं और कोई भी देखभाल करने वाला न हो।

मां मेरे साथ गांव चली आई। दस-पंद्रह दिन आनन्द से बीते। वह गांव के मनोरम दृश्य और कोयल की कुह-कुह से मन बहलाती रही। उसने आजीवन श्रम और तपस्या की थी। उसके सीने में वह हृदय था, जो कोयल की कुहू-कुहू से सिहर उठता था। यही कारण था कि वह यह स्वर सुनकर आह्लाद से झूम उठती थी। दूर-दूर तक फैले हुए खजूर और आम के पेड़ों को और पहाड़ों को देखती रहती थी। अभ्यंतर की शांति सौम्य और उल्लास बनकर मुख पर झलका करती।

लेकिन थोड़े ही दिनों में वह कुछ ऊब-सी गई और मुझसे कहा—'प्राण, कुछ काम होना चाहिए, काम के बिना तो दिन नहीं कटता।'

हम दोनों के पास कोई विशेष काम नहीं था। खेत बटाई पर दे ही चुका था। मैं खुद कोई काम शुरू करना चाहता था; लेकिन काम क्या हो ? फिर किसीकी एजेंटी शुरू कर दूं अथवा राजनीति में सक्रिय भाग लूं; यह तय नहीं कर पाया था। मां दोनों वक्त का खाना बनाती और बर्तन आदि संभालती। उसके बाद स्वेटर लेकर बैठ जाती और हर तरह व्यस्त रहने का प्रयत्न करती। मैंने एक गाय रख छोड़ी थी। दूध दुहना, पशु चरने जाएं तो उन्हें भी छोड़ देना और लौटकर आएं तो खूटे से बांध कर चारा डाल देना, यही एक मेरा काम था। बहुत हुआ, तो कभी-कभी खेतों का चक्कर लगाने चला गया और देख आया कि खाद आदि ढंग से डाल दी गई है या नहीं। वरना सारा दिन चारपाई पर लेटा रहता। पुस्तकें बहुत पड़ी थीं। कृषि और बागवानी सम्बन्धी मैंने काफी साहित्य खरीदा था और शुरू-शूरू में उसे शौक से पढ़ा भी था। इसके अतिरिक्त कुछ साहित्यिक पुस्तकें भी थीं, लेकिन मन उधर नहीं जाता था। बस, स्थिर और अचल लेटे रहना ही पसंद था।

'प्राण, तुम यों ही लेटे रहते हो, यह लेटे रहना भला कोई अच्छी बात है ?' मां मुझसे कहती।

'मां और क्या करूं, करने को कोई काम भी तो नहीं।'

'बिना काम के दिन कैसे कटेंगे ?' मां एक दीर्घ-विश्वास छोड़कर कहती और दूर-दूर तक फैले हुए आम और खजूर के पेड़ों को और पहाड़ों को देखने लगती और देखती रहती। धीरे-धीरे आंखों की चमक बुझ जाती और उसका चेहरा ठोस और उदास हो जाता।

गांव की औरतों से मां का मेल-जोल काफी बढ़ गया था। वह बहुत ही मिलनसार थी। परोपकार और त्याग उसे घुट्टी में मिला था। शायद इसी परोपकार और त्याग की भावना से प्रेरित होकर, उसने गांव की औरतों के सम्मुख प्रस्ताव रखा कि वे और उनकी लड़कियां अवकाश के समय उससे पढ़ा करें। प्रस्ताव उन्हें पसन्द आया और उन्होंने हामी भर दी। मां बड़ी प्रसन्न थी। उसने उल्लास में भरकर मुझसे कहा-'प्राण, मैं कल से औरतों को पढ़ाना शुरू करूंगी। मेरा दिल लगा रहेगा और उन्हें कुछ पढ़ना-लिखना आ जाएगा।'

मैं खुश हुआ, लेकिन मां की यह हसरत पूरी न हुई। उन्होंने हामी तो अवश्य भर ली थी और शायद वे पढ़ना भी चाहती थीं; लेकिन मनुष्य के जीवन में स्वभाव की बड़ी शक्ति है। स्वभाव को बदलना सहज नहीं है। अव्वल तो उन्हें घर के काम-धंधों से अवकाश ही कम मिलता था, क्योंकि गांव का जीवन शहर की तरह नियमित नहीं था। फिर अवकाश के जो क्षण थे, उन्हें वे उसी प्रकार बिता देना चाहती थीं, जिस प्रकार अब तक बिताती आई थीं। अब इस जन्म में पढ़ना असम्भव जान पड़ता था।

इक मर्तबा, मां की कोई सहेली पड़ोस के गांव में अपने किसी सम्बन्धी से मिलने आई। उसे किसी तरह मालूम हो गया कि मां यहां आई हुई है। उसने उसे बुलवा भेजा। उसका सम्बन्धी भूतपूर्व सूबेदार था और अब अपनी देख-रेख में खेतीबारी करवाता था। मां ने वहां से लौटकर कहा— 'प्राण, तुम कहते हो कि नौकर काम नहीं करते। वे भी तो नौकरों से खेती करवाते हैं। सूबेदार तो अकसर बाहर रहता है; सूबेदारनी खुद जाकर चक्कर लगा आती है और सब काम देखती है।'

'उनके करते होंगे, हमारे तो नहीं करते।'

'तुम खेत मुझे दिखाओ, मैं उनकी देखभाल करूंगी।'

'लेकिन वे तो अव हमने बटाई पर दे दिए।'

'बटाई पर मत दो, कह दो कि हम खुद करेंगे। आखिर हमें भी तो काम चाहिए।'

'यह तुम ठीक कहती हो, लेकिन साल-भर के लिए तो कुछ नहीं हो सकता। उनके साथ लिखत-पढ़त हो चुकी है।'

मां चुप खड़ी मेरे मुंह की ओर देखती रही, एक-दो मिनट यों ही देखती रही और फिर बोली—

'प्राण !'

'हां, मां।'

'बस, कुछ नहीं।'

वह फिर मौन और गंभीर हो गई। उसके मुख से एक रिक्त भाव साफ झलकता था। शायद वह सोच रही थी कि बिना काम के दिन कैसे कटेंगे ? क्या उसे कल्याण के पास शहर लौट जाना होगा ? मगर सवाल यह था कि वह वहां जाकर भी क्या करेगी ?

वह इसी कारण परेशान थी। मैं उसके स्वभाव से भलीभांति परिचित था। उसका जीवन सख्त मेहनत करते बीता था। इस मेहनत के कारण उसमें यह सज्जनता और उदारता उत्पन्न हुई थी, जो उसके जीवन का एक स्वाभाविक अंग थी। वह अब. भी जहां तक बन पड़ता, अपने-आपको व्यस्त रखने का प्रयत्न रखती। गांव की औरतों से मिलने चली जाती और लौटकर स्वेटर बुनने बैठ जाती; अगर इसमें उसका मन न परचता, सहसा ऊबकर उठ खड़ी होती और मुझसे कहती—

'प्राण, तुम यों लेटे रहते हो। यह लेटे रहना कोई अच्छी बात है ?'

मां के स्वर से यह बिलकुल ध्वनित नहीं होता था कि वह मेरी भर्त्सना कर रही है अथवा चेतावनी दे रही है, बल्कि लगता यह था कि उसके सम्मुख कोई भय साकार है, जिससे वह अपने शरीर की और आत्मा की रक्षा करना चाहती है।

इन्हीं दिनों मां के नाम एक लिफाफा आया, जो पहले शहर पहुंचा था और कल्याण ने उसपर गांव का पता लिख दिया था। मां ने बड़ी उत्सुकता से खोला। जीवन में खेतों का विशेष महत्त्व है जो मनुष्य में नई उमंगें और नये वलवले पैदा करते हैं। खत पढ़कर मां की आंखें चमक उठीं और वह बोली—

'प्राण, तुम मास्टर भगवानदास को जानते हो ?'

'हां, जानता हूं।'

'यह खत उसीका है।' वह बोली और तनिक रुककर फिर कहा, 'बड़ा अच्छा आदमी है। इतनी उम्र हो गई, पर काम करते नहीं थकता। अब उसने एक नया स्कूल खोला है और मुझ बुलाया है।'

'और तुम जाओगी?'

'चली तो जाऊं पर तनख्वाह बहुत कम है।'

'कितनी?'

'पचहत्तर रुपये।'

दो सौ की नौकरी छोड़कर पचहत्तर रुपये पर जाना बहुत ही अनुचित और असह्य जान पड़ता था। पर दूसरा खयाल था, कि यों दिन कैसे कटेंगे ? घुन लकड़ी को, जंग लोहे को और बेकारी मानव आत्मा को चाट जाती है; आनन्द और संगीत से रिक्त कर देती है, मनोरम दृश्य फीके पड़ जाते हैं। मां दो-तीन दिन सोचती रही, आखिर उसने कहा—'प्राण, मुझे उस गांव में छोड़ आओ। सेवा का काम है। तनख्वाह अगर थोड़ी है तो थोड़ी सही।

'मगर मां, तुम्हारा स्वास्थ्य ?'

'मेरा स्वास्थ्य अब ठीक है। तुम चिंता मत करो।'

मैं मां को छोड़ आया। वह दो माह से वहां स्कूल में पढ़ा रही है और प्रसन्न है।

मैं अपने बारे में अभी कोई फैसला नहीं कर पाया। कभी सोचता हूं कि राजनैनिक कार्य फिर से शुरू करूं और कभी सोचता हूं कि टूरिंग-एजेंट बन जाऊं। कई बार जब लेटे-लेटे सोच रहा हूं तो मां की यह बात याद आती है—

'प्राण, तुम यों ही लेटे रहने हो, यह लेटे रहना भला कोई अच्छी बात है!'

सावन का महीना है। पहाड़ों और पेड़ों का दृश्य कहीं अधिक आकर्षक हो गया है। रिम-झिम मेंह बरसता है, आम के पेड़ से कोयल बोल उठती है, 'कुह ! कुह !' मुझे इसमें तनिक भी आनंद का आभास नहीं होता। कमी-सी महसूस होती है। शायद अब मां यह कहने को मौजूद नहीं है—

'प्राण सुनो, कोयल की आवाज कितनी मधुर है !'

मानो मां की यह बात ही कोयल के स्वर को मधुर बनाती थी।

सत्तर रुपये की फांसी

मैं बस के चलने का इंतजार कर रहा था कि एक देहाती औरत मेरे निकट आकर बैठ गई—भाई साहब, इसका जरा खयाल रखना, शाहदरे उतार देना।' कोई नीचे खड़ा मुझसे कह रहा था।

'जरूर उतार दूंगा। आप बिलकूल बेफिक्र रहिए।' मैंने उत्तर दिया और वह व्यक्ति चला गया, क्योंकि इस बीच बस भी चल पड़ी थी।

वह औरत उसे दूर जाते हुए देखती रही। जब वह नजरों से ओझल हो गया तो मेरी ओर पलटकर स्नेह-सिक्त स्वर में बोली—'मेरा भाई है, यहां मिल में काम करता है। बेचारा मुझे चढ़ाने यहां तक आया। टिकिट अपने पास से खरीद कर दिया और एक रुपया भी दे गया। कहने लगा बच्चों के लिए कोई चीज खरीद लेना।...'

'अपना टिकिट दिखाओ।' टिकिट चैकर ने उसकी मधुर कल्पना को भंग किया।

टिकिट दिखा दिया। उसके पास एक कनस्तर भी था। अगर बोझ दस पौण्ड से अधिक हो तो सरकारी बसों में उसका एक टिकिट अलग से खरीदना पड़ता है। अतएव चैकर ने कनस्तर की ओर संकेत करते हुए पूछा—'इसमें क्या है?'

'मेरी धोती है।' औरत ने तुरन्त चीजें बाहर निकालते हुए कहा—'ये दो पंखे हैं। इस मटकी में अचार है, मेरे भाई ने दिया है।'

'ठीक है, ठीक है।' चेकर ने हंसते हुए कहा। पास खड़े दूसरे लोग भी उसकी सरलता पर हंस पड़े।

'तुम्हारा नाम क्या है ?' मैंने पूछा।

'रधिया !"

'क्या कहा, रधिया ?'

'हां, मेरा नाम रधिया है। छोटी लाइन की माडी पकड़ूंगी...में हमारा घर है।' उसने गांव का नाम बताया जो मुझे याद नहीं रहा। फिर एक लंबी और सर्द सांस छोड़कर बोली—'बैठे-बिठाए सत्तर रुपये की फांसी लग गई।'

'सत्तर रुपये की फांसी ! क्या मतलब ?' मैं चौंका।

'गरीब आदमी की मुफ्त में सत्तर रुपये का दंड भरना पड़े, तो उसके लिए फांसी ही है। जब आदमी की अकल मारी जाती है तो उसे कुछ नहीं सूझता। अकल न मारी जाती तो यह काम ही क्यों करता ?'

मेरे पूछने पर उसने अपनी विपदा की कहानी विस्तार से कह सुनाई।

बात यों थी कि उसका घरवाला छः-सात दिन पहले दिल्ली आया था। आते समय गांव के बनिये ने उसे घी का एक कनस्तर दे दिया था कि तुम इसे दिल्ली में बेच आना। घी सत्तर रुपये में बिका। सीधा-सादा आदमी, उसने सत्तर रुपये कभी काहे को देखे थे। रुपये लेकर अकल बौरा गई और वह यहीं ठगा गया।

इतना कहकर वह अफसोस से हाथ मलने लगी।

'वह ठगा कैसे गया ?' मैंने पूछा।

कनस्तर में उसकी जो धोती पड़ी थी, उसमें लगी एक गांठ खोलकर रधिया ने कोई पाव-भर की एक लड़ी निकाली और मुझे दिखाती हुई बोली—'सत्तर रुपये में यह सोना खरीद ले गया। अकल ही तो मारी गई, नहीं तो इसे सोना कौन कहेगा और सत्तर रुपये में इतना सोना उसे कौन देगा?'

पीतल पर मुलम्मा चढ़ा हुआ था। डली देखते ही मुझे कई घटनाएं स्मरण हो आई। राजधानी में ठग लोग भोले-भाले और निरीह देहातियों की खोज में लगे रहते हैं। मार्ग में सोने की एक नकली डली फेंक देते हैं। जब देहाती बेचारा करीब पहुंचता है तो एक ठग लड़का इस डली को उठाकर भागता है और दूसरा ठग लपककर उसे पकड़ लेता है और डांटता है —'तुमने सोना उठाया है। मैं तुम्हें थाने ले चलूंगा।'

भोला देहाती कौतूहल में भरा यह तमाशा देखने लगाता है। आखिर फैसला यह होता है कि मैंने, तुमने और इस देहाती ने सोने की यह डाली एक साथ देखी है। इसलिए इस डली पर हम तीनों का भाग बराबर है। आओ हम तीनों इसे बराबर बांट लें।

अब डली तो बंट नहीं सकती। बांटने के लिए नकद रुपयां चाहिए। डली की कीमत तो बहुत अधिक आंकी जाती है। लेकिन उन दोनों ठगों के पास नकद कुछ नहीं होता। इसलिए देहाती के पास जो रुपया होता है, वही लेकर संतुष्ट हो जाने का बहाना करते हैं। बात खुल जाने का भय, जो मिले गनीमत। देहाती समझता है कि उसे चार-पांच गुना कीमत का सोना हाथ लगा।

'वह सोना लेकर गांव पहुंचा, तो सबने कहा, तुम मूर्ख बने हो, ठगे गए हो। झल्लाकर मुझे पीटने लगा। मैंने कहा—अकल तुम्हारी मारी गई और पीटते मुझे हो। बताओ इसमें मेरा क्या दोष है ?'

रधिया विपदा की यह कहानी सहज स्वर में सुना रही थी, जैसे यह विपदा उसपर नहीं, किसी दूसरे व्यक्ति पर पड़ी हो। मुझे लगा कि जिस प्रकार शिवजी ने विष पचा लिया था, उसी प्रकार इसने दुःख को पचा लिया है।

'जब अकल मारी जाती है, तभी लोभ जागता है।' रधिया ने बात जारी रखी—'अब मुझे दिल्ली भेजा था कि सुनार को दिखा लाऊं। मैं चली आई कि दो-चार दिन में उसका क्रोध शांत हो जाएगा, नहीं तो दिखाने को क्या धरा था; पीतल तो साफ दिखाई देता है।'

'सुनार को दिखाया नहीं ?' मैंने पूछा।

'दिखाया क्यों नहीं ? दिखाया। उसने भी पीतल बताया, जो थोड़ा-बहुत भ्रम था, वह भी जाता रहा। जोकर कहूंगी, तो फिर मेरी छाती पर चढ़ बैठेगा। भाई तो कहता था कि दिवाली तक यहीं रहो। कैसे रह जाती, बच्चों को वहां छोड़ आई हूं ! फिर यह विपदा तो भुगते ही बनेगी।'

'तुम्हारा घरवाला काम क्या करता है ?'

'सड़क पर बैठकर तालों को चाबी लगाता है। रुपया-सवा रुपया बन

जाता है। उसीसे घर का खर्च चलता है। हमारे पास सत्तर रुपये कहां से आएंगे ?'

'बड़ी मुश्किल है।'

'इसीसे तो कहती हैं कि सत्तर रुपये की फांसी लग गई। बनिया तो अपने रुपये मांगेगा और वह मेरी छाती पर चढ़ दौड़ेगा। कह दंगी मेरे पास क्या धरा है ? उसे जो घर में दिखाई देता हो, ले ले। और क्या होगा, मार-पीट लेगा, विपदा, जैसे आती है, वैसे ही टल भी जाती है।'

बस छोटी लाइन के स्टेशन पर आकर रुकी। मुसाफिर उतरे, रधिया भी उतरी और मैंने कनस्तर उतारने में उसकी सहायता की। पति का क्रोध उसे डरा रहा था; लेकिन बच्चों का मोह उसे खींचे लिए जा रहा था।

इस घटना को साल-भर से अधिक हो गया। लेकिन मुझे। रधिया का निरीह चेहरा और सहज स्वर कभी नहीं भूलता। यह चेहरा याद आते ही मैं सोचने लगता हूं कि रधिया अब घर में पहुंच गई होगी। उसका घरवाला क्रोध में आग उगलता हुआ उसकी छाती पर चढ़ बैठा होगा और उसे पीट रहा होगा। रधिया निर्दोष होते हुए भी सब कुछ चुपचाप सह रही है, क्योंकि. विपदा तो भुगते ही बनेगी न।

चुनाव

मैंने लिखते-लिखते कलम रख दिया और सिर कुर्सी की पुश्त पर रखकर उदास स्वर में अपने सहयोगी से कहा—'गौड प्यारे ! आज तो काम करने को जरा भी जी नहीं चाहता। तुम इसका कारण बता सकते हो ?'

'कारण तो मैं शायद न बता सकू, हल अलबत्ता जरूर बता सकता हूं।"

'वाह ! क्या कहने। ऐसा मसीहा तो आज तक न देखा, न सुना, जो कारण जाने बिना ही समस्या का हल बता दे। गौड का जवाब नहीं।'

मैंने मुसकराते हुए प्रेम सागर की ओर देखा जो एक अलग मेज पर बैठा साम्प्रदायिक दंगों पर संसदीय विचार-गोष्ठी की रिपोर्ट तैयार कर रहा था।

'हमारे इस भारत देश में आज ऐसे ही मसीहाओं की भरमार है जो बिना कारण जाने ही हर समय, हर समस्या का हल बताने को तैयार रहते हैं।' सागर बोला।

मैं खिलखिला कर हंसा और देर तक हंसता रहा। शायद इसलिए कि मन पर उदासी की जो गहरी परत जम गई थी उसे अपनी इस तीखी हंसी द्वारा खुरच देना चाहता था।

'मैं अपना कारण पूछने का प्रस्ताव वापस लेता हूं, तुम हल बताओ।' मैंने गौड की ओर पलटकर कहा।

'हल बहुत आसान है।' उसने सहज भाव से उत्तर दिया, दफ्तर बन्द करके बाहर दरवाजे पर लिख दो—समाचार संगम तब तक बन्द रहेगा जब तक हमारा जी काम करने को नहीं चाहेगा।

"मैं एक बार फिर खिलखिलाकर हंसा और पहले की तरह देर तक हंसता रहा।

'समाचार संगम को बन्द करने का आरोप हमें-तुम्हें अपने जिम्मे लेने की जरूरत नहीं।' मैंने तनिक गंभीर होकर कहा, 'आज नहीं तो कल इसे बन्द जरूर होना है। इस महीने की तनख्वाह बड़ी मुश्किल से पच्चीस तारीख तक किश्तों में मिली है। अगले महीने शायद बिलकुल ही न मिले।'

'यही...बस, यही तुम्हारी परेशानी का कारण है कि तुम्हें अपना और समाचार संगम का भविष्य खतरे में नजर आता है।"

'हो सकता है यही कारण हो।' मैंने सिर हिलाते हुए कहा। 'लेकिन तब तो गोड को, आपको और दूसरे लोगों को भी परेशान होना चाहिए था।'

'और लोगों की बात और लोग जानें,' सागर बोला, 'मेरे बारे में आपको मालूम है कि संगम में आने से पहले दस नौकरियां छोड़ चुका हूं। अपनी प्रवृत्ति तो बाज की प्रवृत्ति है और इकबाल के शब्दों में हजारों आशियां हमने बनाकर फूंक डाले है।'

'मुकर्र ! मुकर्र !' मैंने दाद दी लेकिन दूसरे ही क्षण मंत्रमुग्ध-सा प्रेम सागर की ओर देखने लगा जो निरीह भाव से मुसकरा रहा था और जिसका चेहरा स्वच्छंदता और अल्हड़पन के विशुद्ध उल्लास से खिला हुआ था।

'और अपने राम इसलिए मस्त हैं कि दम का दम धोखा न गम।' गौड ने छाती पर हाथ रखकर नाटकीय ढंग से कहा।

लेकिन हम दोनों में से कोई भी उसकी बात पर हंसा या मुसकराया नहीं।

'यह हुई एक बात अब दूसरी सुनिए।' सागर ने भी कलमरख दिया और गम्भीर स्वर में कहा, 'इस समय समाचार संगम ही का नहीं, सारे देश का भविष्य खतरे में है। लेकिन इसके बावजूद हमें यह समझ लेना चाहिए कि परेशानी किसी भी समस्या का कोई हल नहीं है।'

'आपको तो यार, संवाददाता के बजाय दार्शनिक होना चाहिए था !' मेरे आत्मसम्मान ने प्रतिवाद किया।

'लेकिन यह कहां लिखा है कि संवाददाता दार्शनिक नहीं होता ?' सागर

ने फिर प्रहार किया।

'हां सुशील ! बताओ कहां लिखा है कि संवाददाता दार्शनिक नहीं होता ?' वातावरण को गर्माते देखकर गौड भी चमक उठा।

'देखिए, मुझे यह कहने में तनिक भी संकोच नहीं कि मैं संवाददाता, राजनीतिज्ञ और दार्शनिक—तीनों एक साथ हूं।' सागर स्वच्छंद भाव से मुसकराया और फिर मेरी ओर देखते हुए बोला, 'लेकिन आपकी ट्रेजिडी यह है कि आपकी न राजनीति में दिलचस्पी है और न दर्शन में। आप सिर्फ समाचार संगम के प्रधान सम्पदाक हैं। और इसीसे आपने इस डांवाडोल संस्था के भविष्य को अपना भविष्य मान लिया है।'

इस भरपूर वार से टेलीप्रिंटर ऑपरेटर दास ने मेरी रक्षा की क्योंकि वह लपककर आया और एक खबर मेरे सामने रखकर बोला, 'लीजिए, जयपुर से फ्लैश आया है। राजस्थान के दोनों उपचुनाव कांग्रेस ने जीत लिए।'

'दोनों जीत लिए ?' मैं प्राय: अपनी कुर्सी से उछल पड़ा और एक ही सांस में पूरी खबर पढ़ गया। 'यह भी खूब रही !' मैंने प्रेम सागर की ओर देखा और कहा, 'लालाजी को इस जीत में दिलचस्पी हो तो टेलीफोन करूं?'

इस समय रात के दस बजे थे। टेलीप्रिंटर पर कभी कोई खास खबर आ जाती थी तो हम लालाजी अर्थात् समाचार संगम के जनरल डायरेक्टर को घर पर उसकी सूचना दे दिया करते थे। पर अब मेरा अभिप्राय उन्हें सिर्फ सूचित करना ही नहीं बल्कि कांग्रेस जीत की खबर सुनाकर खुश करना भी था।

'उन्हें कोई दिलचस्पी नहीं।' प्रेम सागर ने संक्षेप में उत्तर दिया और वह अपनी रिपोर्ट मुकम्बल करने में व्यस्त हो गया।

इधर मैंने इस आवश्यक खबर को बनाना शुरू किया ताकि जल्दी चली जाए और गौड भी हाथ का काम निपटाने में व्यस्त हुआ। यों हम तीनों चुप थे। सिर्फ टाइप मशीनों और टेलीप्रिंटरों से 'खट, खट' की आवाज आ रही थी।

मैंने खबर बनाकर चपरासी के हाथ टाइप के लिए भेज दी और अपने

ही विचारों में गुम मेज पर रखी कॉल-बेल को धीरेधीरे जल-तरंग के अंदाज से बजाना शुरू किया।

प्रेम सागर ने अपनी रिपोर्ट मुकम्बल की और मेरे करीब आकर उसे पिन करते हुए कहा—'बड़ी खुशी हुई है आपको इस खबर से।'

'परिवर्तन से खुश होना तो मनुष्य का स्वभाव है।' मैंने झेंप मिटाने के लिए कहा।

प्रेम सागर मुसकराया और रिपोर्ट मेरी ओर बढ़ा दी।

'पहले कांग्रेस ने केरल के म्यूनिसपल चुनाव जीते और अब राजस्थान के उपचुनाव भी जीत लिए।' मैंने सागर की रिपोर्ट पर दिल्ली नम्बर डाला और अपनी बात जारी रखी। 'इसका मतलब यह हुआ कि लोग एक ही साल के अनुभव से इस निर्णय पर पहुंच गए हैं—इट इज ओनली कांग्रेस दैट कैन डिलिवर दि गुड्स।'

'लोग पहुंचे न पहुंचे लेकिन आप जरूर इस निर्णय पर पहुंच गए हैं।' प्रेम सागर ने अपनी कुर्सी करीब खींच ली और उसपर बैठते हुए विद्रूप भाव से मेरी ओर देखा।

'आपको मालूम है कि मुझे कांग्रेस या कम्यूनिस्ट किसी भी पार्टी से कोई भी लगाव नहीं।' मैंने सफाई पेश की।

'मैं आपको एक बात सुनाता हूं।' प्रेम सागर अब फुरसत में था। उसने एक खाली कुर्सी पर पांव फैलाते हुए कहा, 'जिससे आपका जी भी बहलेगा और यह भी मालूम होगा कि लोग किस दिशा में सोच रहे हैं।'

'दिशा-विशा से तो हमें खास मतलब नहीं क्योंकि हमें सिर्फ नौकरी करनी है। हां, बात अगर जी बहलाने की है तो आप एक नहीं दो सुनाइए!' मैंने फिर हलके मूड में मुसकराते हुए कहा।

'पिछले इतवार को।' सागर ने बात शुरू की तो गौड भी सुनने लगा, 'मांडली गांव जाने का इतिफाक हुआ। वहां मुझे अपने दल के देहाती सदस्यों से देश की वर्तमान स्थिति पर बातचीत करनी थी।'

'कितने लोग इकट्ठे हुए थे?' गौड ने टोका।

'कोई पन्द्रह-बीस।' सागर ने उतर दिया और फिर कहा, 'लेकिन अगर आपको आम खाने हैं पेड़ नहीं गिनने तो चुपचाप मेरी बात सुनिए।'

'आप कहिए, बेकार टोकना तो गौड की आदत है।'

'जयकृष्ण को तो आप लोग जानते हैं। वह कई बार मुझसे मिलने यहां आया है।'

'वही लम्बा-पतला, गोरा-सा जो शायद यहीं किसी स्कूल में अध्यापक है।'

'हां, वहीं। यह तुमने मतलब की बात कही।'

'देखा, हमारा निशाना हमेशा ठीक बैठता है। गौड खुश होकर बोला। टेलीप्रिंटर मशीनों पर खबरेंआ-जा रही थीं और टाइपिस्ट टाइप कर रहे थे। इससे खटखट की जो आवाज आ रही थी, उसके हम इतने आदी हो चुके थे कि उस ओर हमारा जरा भी ध्यान नहीं था।

'यह जयकृष्ण मांडली में अपने नाना के पास रहता है। नाना की उम्र सत्तर-बहत्तर साल है। फिर भी शरीर तन्दुरुस्त और सुडौल है। बूढ़ा मजे से चलता-फिरता और घर-गृहस्थी देखता है।'

'घर-गृहस्थी तो देखने को तो बेटे-पोते होंगे।' गौड ने कहा और वह अपनी मौलिक सूझ पर आप ही मुसकराया।

'बेटा-पोता जो कुछ भी है यही जयकृष्ण है। नाना ने इसे गोद ले रखा है। पहले वह किसानी करता था। पर अब इस डर से कि उसके बाद रिश्तेदार जमीन जायदाद के नाम पर जयकृष्ण से झगड़ा न करें, उसने खेत बेचकर कुछ रुपया व्यापार में लगा दिया और कुछ बैंक में डाल दिया।'

'बड़ा होशियार बूढ़ा है। इस बार मैंने कहा।

'दूरदर्शी कहें तो ज्यादा बेहतर है।' सागर ने सुधार प्रस्तुत किया।

'दूरदर्शी उपयुक्त शब्द है।' गौड ने हामी भरी।

'यह बूढ़ा बिलकुल अनपढ़ है। लेकिन घर में बिजली है, रेडियो है और वह हर रोज बिला नागा खबरें सुनता है। उसकी बुद्धि का चमत्कार देखना हो तो देश की राजनीति, विभिन्न दलों और उनके नेताओं पर उसकी टीका-टिप्पणी सुनिए। हुक्का गुड़गुड़ाता हुआ जब वह अपने नपे-तुले स्वर में और पुराने कथाकारों के अंदाज में बात करता है तो सुनने वालों की तबीयत फड़क उठती है...'

'तब तो जयकृष्णं के नाना से हमें भी मिलवाइए।' मैंने उत्सुकता में भरकर कहा।

'ठीक है, किसी दिन चलिएगा। मांडली कुछ ज्यादा दूर भी नहीं।'

'प्रोग्राम बना लो। मैं भी साथ चलूंगा।'

'यह क्या नाम लिखा है ?' इसी समय एक टाइपिस्ट भीतर आया और मेरी लिखी हुई खबर में एक शब्द पर अंगुली रखकर पूछा।

'टीकाराम पालीवाल।' इसीको तो कांग्रेसी उम्मीदवार ने हराया है। मैंने कहा और टाइपिस्ट लौट गया।

'अब आप मेरी बात सुनिए।' सागर ने पांव कुर्सी से हटाकर फर्श पर रख लिए और पहलू बदलकर कहा, 'बात दरअसल जयकृष्ण के नाना की है जो आप मेरे मुख से, मेरे स्वर में नौर उसकी और मेरी मिली-जुली भाषा में सुनेंगे।'

'जयकृष्ण के नाना की बात है तब तो वाकई मजेदार होगी।' मैंने भी सुनने के लिए पहलू बदला।

'हां, बहुत ही मजेदार। देखो गौड, अब बीच में टोकनो नहीं।' सागर ने उसे चेतावनी दी और बात शुरू की, 'उस दिन मैं मीटिंग से काफी पहले मांडली पहुंच गया था। आसपास के देहात से दो-तीन आदमी और आ गए थे। हम सब जयकृष्ण के नाना के पास ड्योढ़ी में बैठे थे। उधर घर में चाय तैयार हो रही थी और इधर नाना ने हुक्का गुड़गुड़ाते हुए राजनीति की नाल खींचना शुरू की। बोला—इस एक साल में जनता ने इन सोशलस्टों, फोस्सिस्टों और इलेक्शन बाज कम्यूनिस्टों को भी खूब देख लिया। सबका स्वार्थ नंगा हो गया। अपने को नेता कहलाने वाले पार्टियों के नाम पर हजारों की तादाद में ठाले घुमते हैं। दम देश और जनता की भलाई का भरते हैं, पर कुर्सी मिले तो उसके साथ गूंद की तरह चिपक जाते हैं। नतीजा यह है कि लोग अब न सोशलस्टों और कम्यूनिस्टों को मानते हैं और न कांग्रेस को मानते हैं।"

'यही तो मैं भी कह रहा था कि लोग लाचारी में फिर कांग्रेस ही को वोट डाल रहे हैं।' मैंने तनिक आवेश में भरकर ऊंचे स्वर में कहा।

'यह भी आपका भ्रम है।' सागर ने शान्त लेकिन दृढ़ स्वर में प्रतिवाद किया।

'पार्टियों से विश्वास उठने का मतलब आप यह क्यों नहीं लेते कि जनता का चुनाव की राजनीति ही से विश्वास उठ गया। राजस्थान के इसी उपचुनाव को लीजिए, लोकसभा चुनाव क्षेत्र में पैतीस प्रतिशत से कम लोगों ने वोट डाले हैं।'

'पैतीस प्रतिशत से कम ? नहीं, ऐसा नहीं हो सकता।' मैंने कहा, 'हाथ कंगन को आरसी क्या ? खबर आपने बनाई है और अब आपके सामने रखी है। इधर लाइए, मैं दिखाऊं।' दो मिनट पहले टाइपिस्ट खबर टाइप करके रख गया था। सागर ने उनकी एक प्रति उठा ली और आंकड़ों पर अंगुली रखकर कहा, 'यह देखिए, कुल वोट 5,50,278 और जो वोट पड़े वह, 1,62,073 यानी साढ़े पांच लाख में से दो लाख से भी कम ने वोट डाले। अब समझ लीजिए कि जनता की चुनाव में कितनी आस्था है और इन चुनावबाज पार्टियों में जनता को हरकत में लाने की क्षमता कितनी है।' गौड की और मेरी नजरें एक-दुसरे पर पड़ी और फिर हम दोनों सागर की ओर देखने लगे।

'हकीकत को कुछ और समझना हो तो मुझे जयकृष्ण के नाना की बात पूरी करने दीजिए।' वह विजय भाव से मुसकराया और उत्तर की प्रतीक्षा किए बिना ही बोला, 'बूढ़े ने अपनी बात की व्याख्या के लिए एक किस्सा सुनाया, जो जितना मजेदार है उतना ही मौलिक भी है।'.

'वह क्या ?' मैंने पूछा।

'जयकृष्ण के नाना ने कहा कि हमारे गांव में हरनारायण और कन्हैया दो पुराने कांग्रेसी थे जो बरसों से चन्दा उगाहते और नेतागिरी करते थे...'

'व्यंग्य खूब है।'

'अभी तो कुछ भी नहीं, आगे सुनिए।' सागर ने कहा और बात जारी रखी—जयकृष्ण का नाना बोला कि जब कांग्रेस का राज आया तो वही दोनों गांव के चौधरी बन गए : पंच वे, पंचायत वे और थाने-कचहरी में मुखिया वे। एक बार कोई चमार अपनी बीरवानी के साथ इधर आ निकला।

किसी रिश्ते के गांव से चार-पांच कोस चलकर आए थे और उनके अपने गांव तक चार-पांच कोस का पंडा और था। वे एक पेड़ तले सुस्ताने बैठे तो चमार की बीरवानी ने कहा, 'मेरा तो दिल घटा जा रहा है, कुछ खा लूं और दो घूंट पानी पी लूं, तब आगे चलूं।' वह बेचारी पेट से थी और पैदल चल रही थी। चमार गांव में आया और बनिये के यहां से दस पैसे के मुरमुरे खरीद ले गया।

"सिर्फ मुरमुरे !' गौड बोल उठा।

'और क्या जलेबी ले जाता ?' सागर ने उत्तर दिया।

'इसे छोड़िए और आप जयकृष्ण के नाना की बात पूरी कीजिए,' मैंने अधीरता से कहा।

'अब इत्तफाक से हरनारायण भी उधर आ निकला।' सागर ने बात आगे चलाई—उसकी नजर चमार की बीरवानी पर पड़ी जो जवान और शक्ल-सूरत की अच्छी थी। हरनारायण की नियत बिगड़ी और उसने चमार को डांटा—"अबे साले, यह मुरमुरे कहां से चुराकर लाया है ?' चमार उसके सफेद खद्दर और गांधी टोपी की रूआब में आ गया और हाथ जोडकर बोला—'हुजूर, चोरी नहीं की। पैसे देकर बनिये से लाया हूं।' 'जा ला बनिए को बुलाकर वरना अभी चोरी में तेरा चालान करता हूं।' इधर चमार बनिये को बुलाने चला आया और उधर हरनारायण ने चमारीन के साथ बलात्कार किया जिससे उसका गर्भपात हो गया। चमार को पता चला तो वह बेचारा बहुत सटपटाया, रोया-चिल्लाया और पंचायत इकट्ठी कर ली। अब पंचायत में सरपंच बना कन्हैया। उसने चमार और हरनारायण दोनों की बात सुनी और फैसला दिया—'इसमें कोई संदेह नहीं कि चमार के साथ जोर जबर्दस्ती की है उसे दंड भी मिलना चाहिए। इसलिए हरनारायण चाहे हमारा मित्र है पर उसे यह दंड देते हैं कि वह चमार की बीरवानी को अपने पास रखे, अपने खर्च से उसका इलाज कराए और फिर उसी हालत में चमार को वापस करे जिस हालत में वह यहां पहुंची थी।'

'वाह वाह !' कैसा अच्छा न्याय है हठात् मेरे मुंह से निकला और मैं खिलखिला कर हंस पड़ा और देर तक हंसता रहा।

'देखा गौड ? कहानी यों बनती है।' उसे चुप देखकर मैंने ठहाका दिया।

'इसे क्या बता रहे हो, इसने तो पंच के निर्णय को समझा नहीं।' सागर बोला।

'हां, मेरा ध्यान उस समय दूसरी ओर था।' गौड ने बात बनाई।

'सिर्फ तुम्हारी ही बात नहीं।' सागर ने विद्रूप भाव से कहा, 'हमारे जो पत्रकार हैं, नेता और तथाकथित बुद्धिजीवी हैं, वे इतने आत्मकेन्द्रित हैं कि उनका ध्यान या तो अपने आप पर रहता है या इधर-उधर रहता है, देश और देश की जनता पर बिलकुल नहीं रहता।'

साकी

झन

झना झन

रक्स और सरूद की महफिल गर्म थी। नादिर शाह और मोहम्मद शाह पास-पास बैठे हुए थे। इस राग-रंग का उनके मन पर जो प्रभाव पड़ रहा था उससे उन दोनों की मानसिक स्थिति सहज ही स्पष्ट हो जाती थी। नादिर शाह विजेता था। उसके मन में मुसर्रत की लहरें उठ रही थीं, चेहरा गुलाब के ताजा फूल की तरह खिला था। सिर पर दस्तार (पगड़ी) बंधी थी जिसमें कोहेनूर जगमगा रहा था। मोहम्मदं शाह हारा हुआ बादशाह था। उसे जुर्रत भी नहीं पड़ती थी कि कोहेनूर की तरफ आंख उठाकर देखे। उसे देखकर उसका दिल जलता था, जैसे वह हीरा नहीं एक तीखा व्यंग्य हो, ऐतिहासिक निर्णय हो और अपनी मूकभाषा में कुछ कह रहा हो। कुछ देर पहले यह हीरा मोहम्मद शाह के अपने दस्तार की रौनक था। लेकिन जब वह कतले-आम बंद कराने की दरख्वास्त करने नादिर शाह के पास गया तो उसने निहायत लाचारी और मक्कारी से विजित सम्राट की ओर देखा। भला नादिर शाह कैसे बरदाश्त कर सकता था कि गर्वीला हीरा मोहम्मद शाह की दस्तार में चमके। उसने मुसकराते हुए कहा—"अच्छा अब सुलह होती है और आओ हम इस सुलह को मुस्तकिल बनाने के लिए दस्तार बदलकर भाई-भाई बन जाएं।"

मोहम्मद शाह धूर्त विजेता के अभिप्राय को खूब समझता था। लेकिन क्या करता, मन ही मन में ऐंठ कर रह गया। दस्तार, सिर से उतारी और

मुसकराते हुए कहा—'आप मुझे भाई बनाने का शर्फ बख्शें, इससे ज्यादा मुसर्रत की बात और क्या हो सकती है ?'

दूसरे ही क्षण हिन्दुस्तान की शान कोहेनूर ईरानी सरदार के सिर पर चमकने लगा।

मोहम्मद शाह कोहेनूर की तरफ देखता था और मन-हीमन में ऐंठकर रह जाता था और वह अपने आपको हर तरह लुटा-पिटा महसूस कर रहा था।

अब इस सुलह को और भी मुस्तकिल बनाने के लिए यह रक्स और सरूद की महफिल गर्म हुई थी। मोहम्मद शाह की सारी जिन्दगी ऐशो-इशरत में गुजरी थी और उसने अब तक जाने कितनी महफिलों का लुत्फ उठाया था। मगर आज—आज वह अपनी ही महफिल में बेगाना और अजनबी था। कोहेनूर हीरा उसके हृदय में तीखा व्यंग्य बनकर चुभ रहा था और अपनी मूक भाषा में ऐतिहासिक निर्णय की घोषणा कर रहा था। मोहम्मद शाह हजार जान से चाहता था कि वह बहरा हो जाए, उसके दिल से शिकस्त का और हर एक बात का एहसास तक मिट जाए और वह इस ऐतिहासिक निर्णय को न सुन सके और न समझ सके।

लेकिन एक एहसास ही तो था जिसे उसने बड़ी नजाकतों से पाला था। अब यही एहसास उसकी रूह में नश्तर चुभो रहा था और उसे आठ-आठ आंसू रुला रहा था। झन, झना नना झन की आवाजें उसके दिल पर हथौड़े की चोटों के सदृश्य पड़ रही थीं और आंसुओं में खून भर रही थीं। फिर भी मोहम्मद शाह अपने प्रतिष्ठित मेहमान की विजय पर मुसकरा रहा था और इस रक्सो-सरूद की महफिल से महजूज होने का अभिनय कर रहा था।

अगर उसका वश चलता तो मोहम्मद शाह गरीबां फाड़कर जंगल को भाग खड़ा होता और सारे जमाने में अपनी दीवानगी का ऐलान करता। उसका गरूर मिट्टी में मिल चुका था, तैमूरी तेग ने धूल चाटी थी। जिस दिल्ली को उसके पुरखों ने दुलहन की तरह बनाया-सजाया था वह उसकी आंखों के सामने लुटी थी—बेइज्जत और बे-आबरू हुई थी। उसकी गलियों में बेगुनाहों के खून की नदियां बह निकली थीं। और जो इस सारे कांड का मुख्य अभिनेता

था, जिसने दिल्ली की इस्मत लूटी थी, जो कातिल और लुटेरा था और जिसके हाथ खून से रंगे हुए थे उसीके लिए रक्सो-सरूद की यह महफिल गर्म की गई थी। दरअसल इस वक्त वही मुसकरा रहा था और मोहम्मद शाह तो उसके लिए मुसकराने का अभिनय-मात्र कर रहा था।

ऐशो-इशरत की सारी जिन्दगी और मजबूरी का यह क्षण। वह सब सपना था, यह एक हकीकत थी। आह ! यह हकीकत कितनी कड़वी थी और उसे आज पहली बार महसूस हुआ था कि जिस शक्स में बहादुरी नहीं, शुजायत नहीं और दुश्मन से लड़ने की हिम्मत और ताकत नहीं, वह हर तरफ नाकारा है। उसके लिए शेर, नगमा, हुस्न और शराब सब फिजूल है। वह न उनकी अस्ल हकीकत को समझता है और न उनसे लुत्फ–अंदोज हो सकता है। अकबर, जहांगीर और शाहजहां ने अगर दादे-इशरत दी थी तो वाकई इसके हकदार थे क्योंकि उन्हें तलवार चलाना आता था और दुश्मनों को नाकों चने चबाना आता था।

या फिर यह नादिर हकदार है जो ईरान से चलकर काबुल और पंजाब को रौंदता हुआ दिल्ली पहुंचा है और जिसकी दस्तार में कोहेनूर जगमगा रहा है।

झन।

झना नना झन ! !

झन झन झन ! ! !

नादिर शाह मुसकरा रहा था। उसका चेहरा ताजा गुलाब की तरह खिला हुआ था और वह वाकई रक्सो-सरूद की महफिल से लुत्फअंदोज हो रहा था। वह हर एक तान और हर एक स्वर पर जब चाहे झूम जाता वरना गंभीर और शांत रहता था। महफिल उसकी थी, राग-रंग उसका था और मोहम्मद शाह अपने ही घर में बेगाना बना हुआ था। अपनी शिकस्तन पर मन ही मन में ऐंठ रहा था और ऐंठ कर रह जाता था।

अंगूरी शराब बिल्लोरी जामों में भरी जा रही थी। चांद का टुकड़ा फिरोजा साकी के फरायज सर अंजाम दे रही थी। वह शाही आदाब से हर तरह वाकिफ थी और सिर से पांव तक तहजीब और नजाकत की

पुतली जान पड़ती थी। जलवत में और खलवत में हमेशा वही मोहम्मद शाह को अपने दस्ते-मुबारक से जाम पेश किया करती थी। वह जानती थी कि बादशाह का दिल नाजुक है, इसलिए वह उसे हर तरह की ठेस से महफूज रखती थी और इसलिए मोहम्मद शाह भी उसे जी-जान से चाहता था। इनाम, इकराम और सिला में कोई कमी नहीं रखता था। उसकी हर फरमायश बिना कहे पूरी हो जाती थी। वह कुछ यों समझता था कि दिल्ली की जिस सल्तनत का वह बादशाह है फिरोजा उसकी रौनक है। वह कोहेनूर को कुर्बान कर सकता था, मगर फिरोजा को कुर्बान करना मुमकिन नहीं था। बादशाह ने जिस एहसास की खूने-जिगर से परवरिश की थी, फिरोजा उसकी धाया थी। वह उसे चमचों से दूध पिलाती थी और उसे पुचकारती-दुलराती और निगहबानी करती थी।

शराब से भरे जाम सामने रखे थे; लेकिन फिरोजा से वे उठाए न उठते थे। जान दुविधा में पड़ी थी। वह सोच रही थी। मगर जो मसला दरपेश था उसका कोई हल समझ में नहीं आ रहा था। और वे परीक्षा के क्षण थे। जिस आबगीने की यह इतनी मुद्दत से हिफाजत करती आई थी, आज उसके अपने ही हाथों से टूट जाने का डर था। उसे बचाती है तो अपनी जान पर आन बनती है।

वह सोच रही थी और असमंजस में पड़ी थी। झन, झन नना झन ! रक्स और सरूद की महफिल गर्म थी।

समस्या यह थी कि वह मोहम्मद शाह और नादिर शाह दोनों में से किसे पहले जाम पेश करे। मोहम्मद शाह आका था और उसके लिए अब भी बादशाह था। हर महफिल में जाम पहले उसीकी ओर बढ़ता था। अब उसे पहले जाम न देना बादशाह का अपमान था और खुद उसकी साकी गिरी का अपमान था।

दूसरी तरफ नादिर शाह था, जिसके आतंक से दिल्ली थर्रा उठी थी। उसे पहले जाम न देने का मतलब था उसके भयंकर क्रोध को उत्तेजित करना। और इसका परिणाम वह खूब समझती थी। इसलिए दुविधा में पड़ी थी। मन बुरी तरह आतंकित था और वह सोच रही थी।

झन !

झना नना झन ! !

रक्सो-सरूद की महफिल गर्म थी। नादिर शाह के चेहरे से मुसर्रत टपक रही थी और मोहम्मद शाह रंगीला के दिल पर हथौड़े की चोटें-सी पड़ रही थीं, लेकिन वह फिर भी मुसकराने का और प्रसन्न दीख पड़ने का प्रयत्न कर रहा था। लाल किले की यह महफिल एक अजीब महफिल थी और साकी को अपनी जान की पड़ी थी। सभी इस स्थिति को और साकी के असमंजस को समझ रहे थे और सभी सहमे हुए थे। सिर्फ एक नादिर शाह था, जो कौतूहल में भरा मुसकरा रहा था। वह इस समय विजेता था और वही एक व्यक्ति था, जो प्रत्येक स्थिति से आनन्द ग्रहण करने में समर्थ था।

झन !

झना नना झन ! !

सहसा, हां, सहसा जैसे घटाटोप अंधेरे में बिजली कौंध जाए, साकी के मस्तिष्क में एक बात आई और उसका चेहरा खिल उठा। फिरोजा ने सुनहरी तश्तरी में बिल्लोरी जाम रखा और नाजो-अदा से मुसकराती हुई उठी। उसकी मुसकराहट कहर बरसा कर रही थी और इस स्थिति में भी हर एक व्यक्ति यह तमन्ना कर रहा था 'काश' यह जाम मुझ तक आए और उसके बाद जो हो सो हो।

फिरोजा बादशाह के सामने जाकर रुकी। सब लोग पहले से भी ज्यादा सहम गए और महफिल पर सन्नाटा छा गया लेकिन नाचने वाले अब भी कठपुतलियों के सदृश नाच रहे थे और झन, झना नना झन की सदा बराबर आ रही थी।

'बादशाह सलामत !'

फिरोजा के नाजुक होंठ—हां नाजुक होंठ—शायद इन्हीं होंठों को देखकर मीर ने कहा था :

> नाजूकी उनके लब की क्या कहिए,
> पंखड़ी इक गुलाब की-सी है।

धीरे-धीरे खुले और बात यों पूरी की, 'मुअजिज मेहमान की तबाजो

आप अपने दस्ते-मुबारक से कीजिए।'

और उसने जाम मोहम्मद शाह के हाथ में थमा दिया।

चालाक और मक्कार विजेता भी सब कुछ समझ गया और उसने मोहम्मद शाह के हाथ से जाम कबूल करते हुए बुलंद और ठोस आवाज में कहा—'मेरे दोस्त, अगर तुम्हारे दरबारी भी इतने ही जहीन और अक्लमंद होते जितनी तुम्हारी यह साकी है तो तुम्हें यह दिन देखना नसीब न होता।'

और कहते हैं कि नादिर शाह फिरोजा को भी अपने साथ ले गया। मोहम्मद शाह को कोहेनूर और तख्ते-ताऊस के छिन जाने और समूची दिल्ली के लुट जाने का भी इतना मलाल नहीं हुआ जितना साकी के चले जाने का। फिरोजा के बिना उसे अपनी हर महफिल सूनी-सूनी दिखाई पड़ती और शराब में उसे फिर कभी वह लुफ्त नहीं आया जो पहले आता था। गोया नादिर शाह धन-दौलत ही नहीं मुगल बादशाह मुसर्रत को भी हमेशा के लिए लूट ले गया।

संगम

मैं यह कहानी लिख रहा हूं और अजीब दुविधा में हूं। बारबार सोच रहा हूं कि यह कहानी उन दोनों की है या मेरी, या हग तीनों की शायद हम तोनों की भी नहीं, इस कहानी के पात्र और भी लोग हैं। वे लोग कौन हैं ? यह बताना मुश्किल ही नहीं नामुमकिन है, क्योंकि बस चलती रहती है और लोग उतरते–चढ़ते रहते हैं। अब यह कैसे बताया जाए कि उनमें कोई कौन है? बस इतना ही बता देना काफी है कि वे लोग हैं—लोग जो उतरते-चढ़ते रहते हैं और बस चलती रहती है।

मैंने उन दोनों को बस में देखा है। वे मेरे लिए इतने ही अजनबी हैं, जितने कि कुछ दूर चलने वाले राही एक-दूसरे के लिए अक्सर होते हैं। मैं उनके नामों तक से परिचित नहीं हूं। वे दोनों भी एक-दूसरे से परिचित नहीं हैं। मेरी ही तरह अजनबी हैं। इत्तफाक से एक ही सीट पर इकट्ठे बैठ गए हैं। उनमें एक मर्द है, और दूसरी औरत। दरअसल उन्हें मर्द और औरत कहना भी उचित नहीं है क्योंकि अजनबी होने की स्थिति में प्रत्येक व्यक्ति मनुष्य है—प्राणिमात्र है। वे दोनों भी प्राणिमात्र हैं। धीरे-धीरे बातचीत शुरू हुई और थोड़ी ही देर में वे ऐसे घुल-मिल गए कि अजनबीयत मिट गई। मैं बड़े ध्यान से उनकी ओर देखता रहा। उनकी बातें सुनने और चेहरों की प्रतिक्रिया पढ़ने का प्रयत्न करता रहा। और अब देखता हूं तो सिर्फ देखता ही रह जाता हूं। सोचने और जानने की कुछ भी बाकी नहीं। कौतूहल नहीं। दो चेहरे जहन पर अंकित हैं, जिनसे एक स्पष्ट चित्र उभर आया है। इसे में न भूला सकता हूं और न मिटा सकता हूं।

मैं चकित हूं कि इतनी थोड़ी देर में यह सब कैसे हुआ ? इन चेहरों में ऐसा क्या है कि वे जहन पर इतने जल्दी और इतना गहरा अंकित हो गए ? बहुत सोचने पर भी कुछ समझ में नहीं आता। इसलिए यह घटना ज्यों-की-त्यों दर्ज कर देता हूं ताकि इसमें जो विशेष बात है, जिसे मैं समझने में असमर्थ हूं, शायद कोई दूसरा समझ ले।

बस नम्बर 17 इंडिया गेट के करीब रुकती है। कुछ सवारियां उतरी हैं और कुछ भीतर आती हैं। बस हर स्टाप पर यों ही रुकती है और सवारियां यों ही उतरती-चढ़ती रहती हैं। इसमें कुछ नया है न अनोखा। इसके बाद जो कुछ हुआ वह भी मामूली है। लेकिन न जाने क्यों मुझे यह घटना विचित्र मालूम हो रही है और इसकी कुछ तफसील भी याद है।

"एक सीट वह है। तुम वहां बैठो और मैं यहां बैठती हूं।"

मंझले कद और भरे शरीर की एक नौजवान स्त्री मेरे दाएं हाथ वाली सीट पर धम से बैठ गई और उसकी सहेली आगे बढ़ गई।

वे इस स्टाप पर सबसे आखिर में सवार हुई थीं और बस में जो दो सीटें खाली थीं वे उन्होंने अलग-अलग रोक ली थीं। वे दोनों नौजवान थीं। सम्भव है कि वे किसी दफ्तर में एक साथ काम करती हों, और यह भी सम्भव है कि काम अलग-अलग स्थानों पर करती हों, छुट्टी के बाद इंडिया गेट इकट्ठी हुई हों। और थोड़ी-सी चहलकदमी करके अब घर लौट रही हों। जो औरत आगे निकल गई उसे मैंने अधिक नहीं देखा, देख नहीं पाया। लेकिन यह औरत करीब ही बैठी थी और उसकी सुरीली आवाज ने मुझे आकर्षित किया था। इसलिए उसे ध्यान से देखा और अपने भीतर एक झुरझुरी-सी महसूस की।

कोई सात बजे शाम का समय था और बस अब शहर से बाहर चल रही थी, इसलिए भीड़ अधिक नहीं थी। इस नौजवान औरत और मेरे दर्म्यान जो जगह थी कोई मुसाफिर वहां खड़ा नहीं था। मैं उसे अच्छी तरह देख सकता था। कद लम्बा, शरीर भरा हुआ, रंग तीखा गंदमी और उम्र चौबीस-पच्चीस के करीब होगी। सिर पर ताज-नुमा जूड़ा, गले में हलकी

सुनहरी चेन, बाईं कलाई पर घड़ी और मनीबैग घुटनों पर रखा. हुआ था।

उसके दाईं ओर जो व्यक्ति बैठा था, उसने उसकी ओर तनिक झुककर कोई बात कही। युवती चौंकी, पर दूसरे ही क्षण अपने आपको संभाला और इतमीनान से उसकी बात का उत्तर देने लगी।

युवती के दाईं ओर जो पुरुष बैठा है, वह निपट देहाती है, उसे महरौली या किसी दूसरे गांव जाना होगा। शहर में वह किसी काम से आया था, अब घर लौट रहा है। चरौंधे की जूती, गाढ़े की धोती, कुर्ता और पगड़ी उसकी परम्परागत पोशाक है। सदियों से उसके पूर्वज यही पोशाक पहनते आए हैं और वह भी पहन रहा है। उसके इर्द-गिर्द व्यक्तियों के लिबास में और सोच में जो परिवर्तन आ रहे हैं, उनके प्रति उदासीनता धारण किए हैं। वह खुद भी एक बुद्ध व्यक्ति है। झक सफेद मंछ और चेहरे का संगरफी रंग बता रहा है कि उसकी उम्र साठ से अधिक है। युवती में और उसमें दो-तीन पीढ़ी का अन्तर है। दोनों के लिबास और रंग-ढंग ने इस अन्तर को और भी उजागर कर दिया है। मेरे जहन पर जो दो चेहरे पर अंकित हैं और उन दोनों से जो एक तसवीर बनती हैं, उसमें समय की गति स्पष्ट उभर आई है।

मेरा खयाल था कि देहाती बूढ़ा इस शहरी युवती को देखकर नाक-भौं चढ़ाएगा और उसे छत की बीमारी समझकर खिडकी की ओर सटक जाएगा। लेकिन वह निर्विकार और निर्द्वन्द्व स्थिर बैठा रहा। थोड़ी देर बाद जब वह युवती की ओर झुरकर कुछ कहने लगा तो मैंने सोचा कि वह कुछ ऐसे शब्द कह रहा होगा—"तुम सिर क्यों नहीं ढांपती ? शहर में यह बेहियाई और निर्लज्जता क्यों है ?" युवती उसकी बात सूनेगी और बिना कोई उत्तर दिए मुंह दूसरी ओर मोड़ लेगी। पर इसके विपरीत वृद्ध ने धीमे स्वर में बात शुरू की और युवती उसी अंदाज में धीमे-धीमे उत्तर भी देने लगी। मैं युवती के मुख से प्रतिक्रिया समझने का प्रयत्न करता रहा। उसपर अवज्ञा, घृणा और वितृष्णा का कोई भाव नहीं था। वह बड़े इतमीनान से बूढ़े की बात सुन रही थी और कभी-कभी संक्षेप में कोई उत्तर भी देती थी। उन्हें बातें करते देख मुझे यों महसूस हो रहा था जैसे अतीत वर्तमान

से सरगोशियां कर रहा हो। बूढ़ा गंभीर था। उसके झुरियों भरे चेहरे से किसी प्रकार का उतार-चढ़ाव लक्षित नहीं था। उसकी उम्र साठ से ऊपर थी। उसमें और युवती में दो-तीन पीढ़ी का अन्तर था। बूढ़े ने कई भविष्यों को आत्मसात कर लिया था और अब खुद भो समय को भांति निर्द्वन्द्व और निर्विकार था। युवती के होंठों पर हलकी मुसकान थी—मुसकान जो बहुत ही आकर्षक जान पड़ती थी। मैं कोतूहल में भरा उसकी ओर देख रहा था और अवसर मिले मैं तो पूछना चाहता था कि इस मुसकान का रहस्य क्या है और बूढ़े ने तुमसे क्या कहा है ?

बस चलती रही और बातें होती रहीं। मेरे अलावा दूसरे मुसाफिरों का ध्यान शायद इस ओर बिलकुल नहीं था। दर्म्यान में बस रुकती रही, लोग उतरते-चढ़ते रहे और खाली सीटें पुर करते रहे। बूढ़ा और नौजवान औरत बदस्तूर बातें करते रहे। कौन एक तुच्छ और सामान्य घटना की ओर ध्यान दे ? इस में ध्यान देने की बात ही क्या थी ? सोचने के लिए लोगों के पास अपना ही बहुत कुछ है और मंजिल पर पहुंचने को चिन्ता है।

मगर मैं यह बातें सुनना चाहता था, युवती की मुसकान के रहस्य को जानना चाहता था और उत्सुकता से भरा बड़े ध्यान से उनकी ओर देख रहा था। वृद्ध युवती की ओर तनिक और झुक गया था। उसके हाथ घुटनों पर थे और बात करते हुए झक सफेद मुंछ जरा हिल रही थीं, युवती का चेहरा खिला हुआ था, आंखों में चमक और होंठों पर मधुर मुसकान थी। वह बूढ़े की बातें कुछ ऐसी तन्मयता और श्रद्धा से सुन रही थी जसे बाप बेटी से बतिया रहा हो।

मेरे जहन पर जो दो चेहरे उभरे थे, जो तसवीर बनी थी, वह और स्पष्ट हो गई। अब मैं सिर्फ उन्हें देख रहा था। कुछ भी सूनने और जानने का कौतूहल मन में नहीं था। आखिर किमी तीसरे आदमी को किसी बेटी से यह पूछने का हक कहां पहुंचता है कि तुम्हारा बूढ़ा बाप तुमसे क्या कह रहा था ?

अगले स्टाप पर बस रुकी। उतरने वालों में मैं भी उतर गया। कुछ लोग चढ़े और बस चल पड़ी। दो चेहरे और एक तसवीर मेरे मस्तिष्क पर अंकित रह गए। जब भी इसे देखता हूं तो यों महसूस होता है कि बस चल रही है, वृद्ध और युवती बराबर बतिया रहे हैं।

प्रोफेसर का आत्मबोध

कल किसी काम से लोदी रोड गया था लौटते समय बस में बैठा ही था कि प्रोफेसर आत्मबोध से मुलाकात हो गई। वह अपनी सीट छोड़कर मेरे पास आ गए। मैंने भी इस खयाल से कि चलो सफर इतमीनान से कटेगा मुसकराकर उनका स्वागत किया और पूछा—

'सुनाइए प्रोफेसर साहब, आप यहां कहां घूम रहे हैं ?'

'एक दोस्त ने चाय पर बुलाया था।' उन्होंने बड़ी शान और गर्व से उत्तर दिया।

लोग उनकी बात का विश्वास जरा कम ही करते हैं और इस समय मैंने भी नहीं किया क्योंकि मुझे उनके आने का कारण मालूम था और अब इसी कारण को कुरेदते हुए कहा, 'सुना है कि आपने एक बहुत ही जोरदार उपन्यास लिखा है ?'

'जी हां, लिखा तो है,' उन्होंने मुसकराकर कृत्रिम विनम्रता से कहा, 'जोरदार है या नहीं इसका निर्णय तो आप लोग करेंगे।" उन्होंने अपना चर्मो थैला खोला और उसमें से टाइपशुदा, दो फुल स्केप कागज निकालकर मेरी तरफ बढ़ाते हुए कहा, 'यह उसका समर्पण है। आप इसे पढ़ डालिए। आपको इसीसे अन्दाजा हो जाएगा कि उपन्यास कितना महान् है।'

बस में काफी भीड़-भाड़ थी। पढ़ना कठिन था और यों भी मैं पढ़ने के बजाए उनकी बातें सुनने के मूड में अधिक था, इसलिए कागजों पर इधर-उधर उचटती-सी नजर डालकर कहा, 'समर्पण तो वाकई शानदार है।'

प्रोफेसर आत्मबोध सानन्द मुसकराए और कृतज्ञता में भरकर बोले-—'और आप देखेंगे कि उपन्यास इससे भी अधिक शानदार है।'

'इसका विषय क्या है ?'

'जो आजकल के उपन्यासों का आमतौर पर होता है।'

'अर्थात ?'

'यही वर्तमान समाज और एक विद्रोही नायक।'

'गोया आपने समाज के विरुद्ध विद्रोह की पताका लहराई है।'

'मैंने नहीं उपन्यास के नायक जयराज ने लहराई है।' उन्होंने हसकर उत्तर दिया, 'और इसीसे मैंने उपन्यास का नाम भी जयराज ही रखा है। एक स्थान पर उपन्यास की नायिका नायक से कहती है, 'मैं समाज की ठकराई हुई एक साधारण स्त्री हूं। तुम मेरे लिए अपना जीवन और जवानी क्यों बर्बाद करते हो।' जयराज उसका उत्तर देता है, 'नीला, यह समाज इतना गला-सड़ा है कि उसके अंग-अंग से पीप बहती है। मैं इस गलेसड़े समाज की जरा भी परवाह नहीं करता। रही मेरी बात तो मैं तुम्हारे प्रेम पर एक नहीं हजारों जीवन और हजारों जवानियां निछावर कर सकता हूं।''

इन्होंने एक के बाद एक वार्तालाप सुनाना शुरू की तो ऐसा मालूम होता था कि उन्हें सारा उपन्यास कंठस्थ है। जितनी रफ्तार से बस चल रही थी उतनी ही रफ्तार से वह उपन्यास के वार्तालाप सुना रहे थे और उनका सुनाने का ढंग कुछ ऐसा नाटकीय था कि विनोदप्रिय मित्रों की महफिल में मजा आ जाता। मगर यहां बस में कुछ अच्छा नहीं लग रहा था। सब मुसाफिर कौतूहल में भरे हमारी तरफ देख रहे थे। 'तो उपन्यास की नायिका वेश्या है ?' मैंने उन्हें टोका।

'वह कुछ भी है, लेकिन किसी भी गृहस्थ स्त्री से अधिक पवित्र और अधिक महान् है। अन्त में नायक कहता है, 'नीला, एक देवी है, त्याग और प्रेम की मूर्ति है, तुम उससे क्यों घृणा करते हो? घृणा करनी है तो उस समाज से करो जो उसे यह जीवन बिताने पर विवश करता है।'

'उद्देश्य भी महान् है।'

'महान् उद्देश्य ही से उपन्यास बनता है। एक महान् उद्देश्य को लेकर उसे आखिर तक निबाहना हर एक के बस का रोग नहीं है। इस उपन्यास की विशेषता यह है कि मैंने उसे आखिर तक निबाहा है। जब छप जाएगा तो मैं इसकी एक प्रति आपको, भेंट करूंगा। आप पहले इसकी भाषा का और फिर सारा उपन्यास पढ़कर इसके चरित्र-चित्रण की तुलना शरतचंद्र के श्रीकान्त से कीजिएगा।'

'नहीं साहब, मेरा अभी से विश्वास है कि आपके जयराज को पढ़कर लोग शरतचन्द्र और उसके श्रीकान्त को भूल जाएंगे।'

'आप ठीक कहते हैं। मैं भी यही सोचता हूं और दूसरे मित्रों की भी यही राय है।' प्रोफेसर साहब ने आंखें चमकाकर बाल-सुलभ सरलता और प्रसन्नता से कहा।

प्रोफेसर आत्मबोध एक फटीचर किस्म के प्राइवेट कालेज में चार-पांच घंटे पढ़ाते थे और पचास रुपये महीना तनख्वाह पाते थे और इसीसे प्रोफेसर कहलाते थे। इतिहास या साहित्य पढ़ाने का विषय क्या था, यह ठीक से किसीको मालूम नहीं था क्योंकि वह दोनों पर अधिकार से बात करते थे। किसी ऐतिहासिक व्यक्ति की युद्ध या घटना की बात कीजिए आप उस संबंध में प्रसिद्ध इतिहासकारों के मत और चुने-बुने वाक्य फर-फर बोलते चले जाते थे। साहित्य में आपका अध्ययन असीम था। अपने ही कथन के अनुसार उन्होंने नौ हजार नौ सौ निन्यानवे उपन्यास पढ़ रखे थे और जब वह उपन्यासों और उनके लेखकों के नाम गिनवाने बैठते तो सुबह से शाम कर देते थे।

इनी अध्ययन के कारण वह अपने आपको एक साहित्यकार और उपन्यासकार भी समझते थे और इसका परिणाम यह था कि उनकी दो-चार रचनाएं इधर-उधर के कुछ सप्ताहिक पत्रों में प्रकाशित हो चुकी थीं। और अब से उन्होंने यह जयराज उपन्यास लिखा था उनके एक सफल उपन्यासकार होने में किसीको तनिक भी सन्देह न रह गया था। अपनी योग्यता, सफलता

और उज्ज्वल भविष्य पर न सिर्फ उन्हें दृढ़ विश्वास था बल्कि मित्रों को भी विश्वास करा देने का बीड़ा उठा चुके थे।

इसी विश्वास दिलाने की मुहिम पर वह उस रोज लोधी रोड पधारे थे। वहां एक साहित्य-प्रेमी मित्र त्रिलोचन रहते थे। आत्मबोध एक दिन पहले त्रिलोचन से उनके दफ्तर में मिले और कहा, 'यार, कल इतवार है। हम तुम्हारे यहां चाय पिएंगे।'

उन्होंने चाय त्रिलोचन से पी और बदले में अपना उपन्यास उन्हें पिलाया।

इस बात की भिनक पहले ही हमारे कान में पड़ चुकी थी क्योंकि यह घटना सिर्फ त्रिलोचन के साथ ही नहीं घटी थी और कई मित्रों के साथ भी घट चुकी थीं। इन दिनों प्रोफेसर आत्मबोध मित्रों ही से नहीं, जान-पहचान के हर साहित्यकार से बहुत ही बेतकल्लुफ हो गए थे और हर एक के पास जा जाकर कहते थे, 'यार, कल इतवार है। हम तुम्हारे साथ चाय पिएंगे।' चाय के बाद अपना पूरा उपन्यास जबानी पिलाते थे ओर अन्त में बड़ आत्मविश्वास के साथ कहते थे, 'जब छप गया तो इसकी एक प्रति आपको भेंट करूंगा। आप पहले इसकी भाषा की और पूरा पढ़कर इसके चरित्र-चित्रण की तुलना शरत के श्रीकान्त से कीजिएगा।'

और सुना हैं कि वह एक रोज शहर के सबसे बड़े प्रकाशक के पास पहुंचे और पांडुलिपि उनके सामने पटककर निहायत शान से कहा—'देखिए साहब, हिन्दी का शरत्न्द्र आपके सामने खड़ा है। उसका यह उपन्यास छापकर धड़ल्ले से बेचिए। आप खाइए और हमें भी खिलाइए।' प्रकाशक ने व्यापारिक शिष्टता के साथ उनकी सारी बात धीरज और इतमीनान से सुनी। उसके बाद उन्हें उनकी महानता का विश्वास दिलाते हुए कहा—'आपका उपन्यास छापना हमारे लिए हर्ष और गर्व की बात होती...' 'और लाभ की भी' प्रोफेसर साहब ने बीच में टोका। 'हां, हां, लाभ की भी। पर क्या किया जाए, पांडुलिपियां पहले ही इतनी पड़ी हैं कि दिसम्बर 1960 से पहले इसकी बारी न आ सकेगी।'

'दिसम्बर सन् 1960 ?' आपने आश्चर्य चकित होकर पूछा।

'हां, दिसम्बर 1960।'

'मैं तो इतने समय तक इंतजार नहीं कर सकूंगा।'

'आपको इंतजार करना भी नहीं चाहिए। और हम भी आपसे इंतजार नहीं कराना चाहते क्योंकि ऐसी उत्कृष्ट कृति को तो जल्द से जल्द जनता तक पहुंचना ही चाहिए।'

'तो क्या यह नहीं हो सकता कि आप ही इसे जल्द छाप दें?'

'हमें मजबूरी है। हमारे यहां यह नियम है कि जो पांडुलिपि जिस क्रम से आती है उसी क्रम से प्रकाशित होती है।'

'क्या आप मेरे लिए इस नियम में थोड़ा-सा...'

'आप एक महान् लेखक ही नहीं, महान् आदर्श के एक महान् व्यक्ति भी हैं। इसलिए नियम को बदलने की बात कहना खुद आपके लिए उचित नहीं है।'

इसके बाद यह बात इतनी मशहूर हुई कि साहित्यिक मित्र उन्हें आता देखकर झट कहते थे—'लो साहब, हिन्दी के शरत्चन्द तशरीफ ला रहे हैं।'

प्रकाशक एक गम्भीर व्यक्ति हैं उनके लिए यह संभव नहीं था कि अपनी यह बातचीत किसी दूसरे से कहते। हुआ यह कि खुद प्रोफेसर साहब ने बड़े गर्व के साथ यह बातचीत शहर के सभी प्रकाशको को सुनाई थी। कई दिन तक इधर से उधर घूमते रहे और हर जगह उन्होंने इसमें थोड़ी बहुत कतरब्यूंत भी की। बात का अंत वह यों करते थे कि प्रकाशक आम तौर पर 15 प्रतिशत रायलटी देते हैं, लेकिन हमें 20 प्रतिशत देने तक को तैयार थे। हालांकि उनके पास दिसम्बर सन् 1960 तक की पांडुलिपियां धरी हैं, हमारे उपन्यास को हाथों-हाथ प्रेस में भेजने को तैयार थे, लेकिन हमने खुद कहा—'नहीं साहब, हमें यह पसंद नहीं कि आप अपना नियम तोड़ें।' इस बात से वह बड़े खुश हुए और कहने लगे—'प्रोफेसर आत्मबोध, मैं मान गया कि आप एक महान् लेखक ही नहीं, महान् आदर्श के महान्

व्यक्ति भी हैं। आप यह उपन्यास हमें भले ही न दीजिए, लेकिन मैं आशा करता हूं कि कोई दूसरा उपन्यास हमें अवश्य देंगे।"

यह बातें कुछ लेखकों ने भी सुन ली थीं और किसी बात को लेखकों से अधिक कोई दूसरा क्या फैलाएगा।

लेकिन बात फैलाने का नतीजा यह हुआ कि आत्मबोध को न सिर्फ प्रकाशक मिल गया बल्कि उपन्यास दो महीने के अंदर छप भी गया। वह और कोई बात भले ही सच न कहते हों, लेकिन यह बात सच निकली कि वह उपन्यास की एक प्रति लेकर मेरे पास पहुंचे और उसे सादर भेंट करते हुए वही तुलना की बात दोहराई। मैंने उपन्यास को इसी दृष्टि से पढ़ने का वादा किया और फिर पूछा—'सुना है कि प्रकाशक ने इसका आपको चार आने पृष्ठ दिया है ?'

'यह आपसे किसने कहा ?' वह कुछ उतेजित, चिंतित और अप्रतिभ से होकर बोले।

'किसीने भी कहा हो, बात तो सच है न ?'

'है तो सच,' उन्होंने एक क्षण मेरे मुंह की तरफ देखकर कहा और फिर संभल कर बोले—'दरअसल प्रकाशक के साथ शर्त यह थी कि उपन्यास जल्द मार्केट में आ जाए ताकि लोगों को पता चले कि हिन्दी में शरत् की टक्कर बल्कि उससे भी बेहतर उपन्यास लिखने वाला व्यक्ति पैदा हो गया है।'

'और सुना है कि इस बीच में आपकी प्रोफेसरी की नौकरी भी छूट गई।'

'उसकी कुछ चिंता नहीं, वह हमने खुद ही छोड़ी है।'

'वह क्यों?'

'क्योंकि अब हमें प्रोफेसर के तौर पर नहीं, साहित्यिक के तौर पर जीवन बिताना है।'

'लेकिन यों गुजारा कैसे चलेगा ?'

'वाह गुजारे की कौन-सी बात है ! एक बार हमारे इस उपन्यास के पाठकों तक पहुंचने की देर है। फिर यह प्रकाशक लोग हमारे पीछे-पीछे

भागे फिरेंगे। हम दूसरे उपन्यास के मुंहमांगे दाम लेंगे और पैसा भी मेह की तरह बरसेंगे।'

मैं उनका आत्मविश्वास देखकर दंग रह गया।

मर्यादा

इन्दो ने जब अपनी थाली से दूसरी रोटी पूची के आगे डाली तो वह उसपर झपटा नहीं, बल्कि उसने एक दृष्टि रोटी पर डाली और फिर विचित्र ढंग से बुढ़िया की ओर देखने लगा, जैसे सोच रही हो कि अगर यह दूसरी रोटी भी मैं खा लूंगा तो बुढ़िया बेचारी क्या करेगी, क्या वह मेरे कारण भूखी रहेगी ?

'खा, खा, पूची खा।' बुढ़िया ने उसे पुचकारा और कहा, इधर-उधर भटकने से अपने ही घर में पेट भरकर खा लेना कहीं अच्छा है।"

बात शायद पूची की समझ में आ गई। उसने रोटी खाई और संतोषभाव से बुढ़िया की ओर देखता हुआ वहीं फर्श पर बैठ गया।

इन्दो की जो उम्र थी वह उसने बिता दी थी, अब वह एक अजनबी की भांति इस दुनिया में जी रही थी और अपने ही घर में मेहमान बनी हुई थी। घर-गृहस्थी का प्रबन्ध छोटी बहू करती थी, इन्दो को इससे कोई सरोकार नहीं था। वह बैठी देखती रहती, बहू किसी मामले में सलाह-मश्विरा करती तो वह सहर्ष अपना मत प्रकट कर देती, इससे अधिक कुछ नहीं। अब कुछ करने की हसरत भी नहीं थी क्योंकि उसने बहुत कुछ किया था और अपनी कोख को फलते-फूलते देखा। उसके तीनों लड़कों ने अपनी गृहस्थी बसा ली थी। तीनों का सुथरा परिवार था और गुजारा अच्छी तरह चल रहा था। अच्छी तरह इस अर्थ में कि तीनों गृहस्थी की गाड़ी अच्छी तरह खींचे लिए जा रहे थे। और बुढ़िया रिवाज के अनुसार छोटे बेटे ओंकार के साथ जीवन के अन्तिम दिन बिता रही थी।

बुढ़िया की अब किसी चीज में, घर के किसी प्राणी में आसक्ति नहीं थी। बुढ़ापे में मुक्ति पाने की लालसा बहुधा बढ़ जाती है, मगर इन्दो को मूक्ति की भी चाह नहीं थी। उसके मन में स्वर्ग का प्रलोभन और नरक का भय भी नहीं था। उसने एक भरे-पूरे परिवार में सहज स्वभाव से जीवन बिताया था और वह बिना संकोच, आशंका और दुःख के सहज स्वभाव ही से इस संसार से चल देना चाहती थी। आसक्ति दुःख का कारण है। और आसक्ति लगाव से उत्पन्न होती है, इसलिए उसने दुनिया, परिवार और उसकी समस्या के बारे में तटस्थता का भाव धारण कर लिया था।

लेकिन इधर कुछ दिनों से पूची ने उसकी यह तटस्थता भंग कर दी थी। इस मूक प्राणी के प्रति उसके मन में करुणा, दया और स्नेह का भाव फिर से जाग उठा था।

पूची उसके लिए परिवार ही का एक सदरूप था। उसका पति शम्भूनाथ एक दिन सहसा उसे घर में उठा लाया था। तब कोई दो-ढाई महीने का पिल्ला होगा। इन्दो ने उसे अपने हाथ से खिलाया-पिलाया। यद्यपि पिल्ला ही था, तथापि उसकी दूसरी संतान की तरह वह कभी उसके स्नेह और प्यार से वंचित नहीं रहा। रोटी में से रोटी और दूध-लस्सी में से दूध-लस्सी उसे अपना भाग बराबर मिलता रहा। इन्दो के घर में खानेपीने की कमी कभी नहीं रही, इसलिए पूची ने भी कभी कोई अभाव नहीं देखा।

घर के वातावरण का पूची के स्वभाव पर समोचित प्रभाव पड़ा। वह आवारा और भुखमरे कुत्तों की तरह किसी चीज पर भी झपटता नहीं था। जो कुछ मिल जाता, उसी पर सन्तुष्ट रहता। इतना अरसा इस घर में रहते हो गया, लेकिन उसने कभी भूलकर भी चौके में पांव नहीं रखा, कभी किसी बर्तन में मुंह नहीं डाला। पूची पशु होते हुए भी सब कुछ समझता था और इस वैष्णव परिवार की पवित्रता घर के दूसरे प्राणियों के सदृश उसे भी प्रिय थी। छोटे-बड़े, बच्चे-बूढ़े—घर के प्रत्येक प्राणी का एक व्यक्तित्व होता है। आयु के साथ जैसे-जैसे इस व्यक्तित्व का विकास

होता रहता है, उसके प्रति हमारी भावनाएं भी बदलती रहती हैं। बच्चे जब जवान होकर प्रौढ़ता को प्राप्त होते हैं तो अनजाने ही उनके प्रति स्नेह और प्यार की भावनाएं आदर और सत्कार में बदल जाती हैं। लेकिन बचपन से प्रौढ़ता तक का सारा जीवन हमारे अवचेतन में असुरक्षित रहता है। इस जीवन की जो साधारण-असाधारण कुछ विशेष और प्रमुख घटनाएं होती हैं, वह उसका अलिखित इतिहास होती है और यही इतिहास प्रत्येक प्राणी के चरित्र को निर्धारित करता है। और इस इतिहास से अवगत प्राणी ही उससे भली भांति परिचित होते हैं। पूची का भी एक जीवन, एक इतिहास, एक चरित्र था, जिससे इस घर में इन्दो—सिर्फ इन्दो ही भली भांति परिचित थी क्योंकि उसीने उसे पाला-पोसा था और वह उसी के हाथों में दो-ढाई महीने के नन्हे पिल्ले से ऊंचे डीलडौल और प्रौढ़ आयु का प्राणी बना था। कितनी ही धारणाएं ऐसी थीं जिन्होंने उसे इस घर का अविच्छेद्यदेय अंग बना दिया था और पूची को भी इस बात का अहसास था और दूसरे सदस्यों की तरह वह भी इस घर—इस परिवार पर अपना पूरा अधिकार समझता था। कुत्ते की स्वामी-भक्ति और बफादारी प्रसिद्ध है। वह जिसका खाता है, उसीका हो जाता है। लेकिन पूची ने तो जीवन ही इस घर में बिताया, इसलिए उसकी वफादारी में क्या यह संदेह हो सकता था। उसने जी-जान से इस घर की चौकीदारी की थी। भला मजाल कि कोई कुत्ता आसपास भी फटक जाए और अजनबी बिना स्वामी की अनुमति के दहलीज पर कदम भी रख जाए।

जब इन्दो के पति शम्भूनाथ की मृत्यु हुई तो पूची भी अर्थी के साथ-साथ श्मशान भूमि तक सबके साथ गया। यथाविधि दाह-संस्कार करने के बाद लोग जब लौटने लगे तो पूची वहीं अचल और स्थिर खड़ा रहा। इन्दो के बड़े लड़के केदार ने उसे बहुतेरा दुलारा, और साथ चलने को कहा, मगर वह टस से मस नहीं हुआ। वह खड़ा चिता के शोलों को ताकता रहा और भौंभौं करके उनपर लपका। अगर केदार उसे न रोक लेता तो संभव है कि इन शोलों पर टूट पड़ता या तो स्वामी के अध-जले शव को चिता से निकाल लाता या खुद उसमें भस्म हो जाता।

जिन लोगों ने यह दृश्य देखा है, वह इसे कभी भुला सकते ? देखने वालो की तो बात छोड़िए, जिन्होंने सुनी है, उनके मन पर भी यह घटना पूची के व्यक्तित्व की गहरी छाप छोड़ गई है।

घर-गृहस्थी का प्रबंध जब तक इन्दो के हाथ में रहा, वह प्रेम से उसे खिलाती-पिलाती रही। छोटी बहू के मन में भी पूची के प्रति घृणा या उपेक्षा की भावना नहीं थी। उसे खिलाने में कभी संकोच और कृपणता से काम नहीं लिया और अपने ज्ञान में कभी भूखा नहीं रहा। लेकिन इन्दो की भांति वह उसके व्यक्तित्व से परिचित नहीं थी। वह उसके नजदीक घर का एक प्राणी, परिवार का सदस्य नहीं था। उसके लिए वह एक कुत्ता मात्र था जिसके साथ कुल की मान-मर्यादा का कोई सम्बन्ध नहीं था।

साधारण परिस्थिति में पूची का गुजारा उसी तरह होता रहा जैसे इन्दो के राज में होता था। लेकिन जब से गेहूं के भाव चढ़ना शुरू हुए थे उसकी खुराक में कमी होना शुरू हो गई थी। अब उसे बंधी-टिकी दो रोटी सुबह और दो शाम मिलती थीं इतने में उसकी भूख नहीं मिटती थी। मूक प्राणी अधिक मांग तो सकता नहीं था, जो कुछ मिल जाता उसी पर संतुष्ट हो जाना पड़ता।

मगर संतोष की भी सीमाएं होती हैं जो उदरपूर्ति और समृद्धि में तो सुरक्षित रहती है और भूख में आप ही टूट जाती है। भूख मनुष्य और पशु के सदियों पुराने स्वभाव और परम्परा को बदल देती है। पूची जो पहले रसोई में कदम नहीं रखता और बर्तन में मुंह नहीं डालता था अब अवसर मिलते ही रसोई में घुस जाता और बर्तन जूठे कर डालता। इसके अतिरिक्त उसे अब मालूम हो गया था कि मोहल्ला के किस घर में भोजन किस समय बनता है और वह कोर-दो-कोर पा जाने की आशा में ठीक उसी समय दुम हिलाता हुआ जा पहुंचता। जब इस पर भी पेट न भरता तो वह रोटी के एक-एक कण के लिए जमीन सुंघता फिरता और कूड़े करकट में मुंह मारता।

इन्दो ने पूची को जब यों भटकते देखा तो उसका कलेजा धक से रह

गया। उसने इस बात की चर्चा बहू से छेड़ी और साफ-साफ कहा— 'बहु, पूची का खयाल रखा करो। उसका यों दर-दर घूमना अच्छा नहीं लगता।' बहू ने सुनी-अनसुनी कर दी। इसके बाद भी पूची के भोजन में कोई वृद्धि नहीं हुई।

बुढ़िया भी चुप हो रही। उसने कुछ अधिक कहना मुनासिब न समझा। वह बहू को भी क्या दोष देती। अनाज वाकई बहुत महंगा था। गेहूं सत्ताइस रुपये मन बिक रहा था। दो विश्व युद्ध इन्दो के सिर पर से गुजर चुके थे, पर इतनी महंगाई उसने न कभी देखी न सुनी। जैसे-जैसे अनाज महंगा होता जा रहा था, दूसरी चीजों के दाम भी बढ़ रहे थे और इसी अनुपात से जन साधारण की कठिनाई भी बढ़ रही थीं। लोग ज्यों-त्यों, मसलन भाव जब आठ आने सेर था दूध इस घर में डेढ़ सेर आता था, भाव जब बढ़कर दस आने हुआ तो सवा सेर आने लगा और अब जब भाव बारह आने था तो सिर्फ सेर भर आता था। इसीमें गुजारा करते थे। बच्चों को भी दूध के बजाए चाय मिलती थी।

लेकिन अनाज की मात्रा कैसे कम हो। रोटी तो पेट-भर खानी पड़ती थी, बल्कि जब दूध, दही और फल आदि कम आते हैं तो अनाज की खपत बढ़ जाती है। जैसे-जैसे महंगाई बढ़ रही थी, और बचत बढ़ रही थी, गृहणियां अधिक सतर्क होती जा रही थीं। कभी एक रोटी भी फालतू बच जाए तो दुःख होता था। साधु-फकीर सदा द्वार पर से खाली लौट जाते। जहां पहले मुट्ठी-दो मुट्ठी आटा सहज में मिल जाता, अब एक चुटकी देते जी जलता था। परिवार के व्यक्ति भी अनाज का प्रयोग संकोच से करते,पूरी खुराक से एक-आध रोटी कम ही खाते और फालतू फेंकने की तो बात ही क्या।

जब सम्मिलित परिवार था। तीनों लड़के इकट्ठे रहते थे और इन्दो का पति जीवित था। तब घर में गाय-भैंस भी रहती थी और पूची को दूध-लस्सी भी काफी मिल जाता था। मगर आज यह हालत थी कि रोटी तक के लाले पड़े हुए थे।

परिणामस्वरूप उसने दर-दर घूमना और कूड़े-करकट में मुंह मारना शुरू किया।

इन्दो से यह सब कुछ सहन न हो सका। उसे घर की मर्यादा टूटती दिखाई दी क्योंकि पूची उसके लिए पशु नहीं, परिवार ही का एक सदस्य था। परिवार का एक सदस्य रोटी के लिए दर-दर भटके, आवारा घूमे, यह उसे गंवारा नहीं था।

यह अपने दिन पूरे किए बैठी थी और अपने-आपको इस दुनिया में अजनबी समझती थी। चार दिन अधिक बिताए तो क्या और कम बिताए तो क्या, उसने अपने भोजन की अधिकांश मात्रा पूची को खिलाना शुरू कर दी। बहू जब थाली परोसकर लाती तो पूची भी दुम हिलाता हुआ सामने आ खड़ा होता। बहू चली जाती तो इन्दो पहले पूची को खिलाती और उसके बाद जो कुछ बच रहता, वह खुद खा लेती और संतोष से खाट पर पड़ी रहती।

बच्चा-बूढ़ा कोई भी हो सब भोजन पर जीते हैं। भोजन पर्याप्त मात्रा में न मिले तो देश का क्षीण हो जाना स्वाभाविक है। अतएव इन्दो की देह भी दिन-दिन क्षीण होने लगी। दुर्बलता और बुढ़ापा का मेल है। इसलिए किसीने इस ओर कोई ध्यान नहीं दिया। वे बढ़ रही क्षीणता और दुर्बलता का कारण बुढ़ापे को समझते थे और इस बात में किसीको भी संदेह नहीं था कि बुढ़िया के दिन अब निकट आ गए हैं।

यह दुर्बलता इतनी बढ़ी कि इन्दो के लिए चलना-फिरना और हिलना-डुलना असंभव हो गया। और वह अंतिम दिन भी आ पहुंचा, जिसका सबको इंतजार था। बुढ़िया की सांस कठिनता से चल रही थी और घर के सब लोग उसके इर्द-गिर्द जमा थे। इन्दो ने एकाएक आंखें खोली और बहू की ओर यों देखा जैसे कुछ कहना चाहती हो।

बहू ने सास का भाव समझ लिया और वह उसके नजदीक सरक गई। 'बहूरानी', वह उसकी ओर देखते हुए धीरे-धीरे बोली, 'मैं अब चली। पूची को भूखा मत रखना। मेरा भोजन उसे डाल दिया करना। यदि

मेरा श्राद्ध होगा...।'

उसने बहु से नजर घुमाकर पूची की ओर देखा और उसकी दृष्टि ही जमी-की-जमी रह गई।

□□